El Coco

Skyggen Af En Mand

K. Michael Schrewelius

En kort gyserroman

El Coco

Skyggen Af En Mand

Denne bog er nænsomt redigeret og bearbejdet af forfatteren

El Coco

Skyggen af en mand

Copyright 2022 © K. Michael Schrewelius

Forsideillustration: K. Michael Schrewelius

Forlag: BoD – Books on Demand, Hellerup, Danmark

Tryk: BoD – Books on Demand, Norderstedt, Tyskland

ISBN: 9788743029649

Af samme forfatter:

Under drømmetræet (Forlaget Gallo)

De tusind splinter (Forlaget Gallo)

Min Fars Melodi (Egen udgivelse)

Justitia (Egen udgivelse)

Dukkemageren (Egen udgivelse)

Nattens Jægere (Egen udgivelse)

Frygt (Egen udgivelse)

www.midnatstimen.dk (Mere end 50 gysernoveller)

Derudover flere antologier fra Forlaget Gallo

Noveller udgivet hos Forlaget Enter Darkness

★ ★

Der er flere bøger på vej af samme genre

Husk at tjekke hjemmesiden for nye noveller

Til alle Jer der forfølger Jeres drømme.

Jeg håber I aldrig giver op.

Indhold

En ny tid

Det var et efterår, der ville komme til at gå over i de historiefortællinger man helst ville glemme, men aldrig ville forsvinde. Ikke så meget på grund af vejret, selv om det også gjorde opmærksom på sig selv. Vindstyrkerne tog til. Bølgerne på havet blev rusket så det skumsprøjtede på skibene, og nogen gange var der kystbyer der fik en mindre oversvømmelser. Vandet slog ind over molerne, og folk blev opfordret til at blive hjemme. Dem der alligevel bevægede sig ud, og trodsede profeterne, måtte ind imellem klamrer sig til en lygtepæl. Cyklister blev væltet af og var slet ikke i stand til at styre retningen af deres tur. Butikskilte fløj gennem luften, og visse huse mistede deres teglsten, der igen var til fare for de forbipasserende.

Et regnvejr satte ind og gjorde de sorte asfalterede veje blanke, så de genskabte lysene og de blinkende neonreklamer om aften fra de store bygninger.

Det var ikke bare en byge. Det var en skylle af de alvorlige. Med dråber så store som en lille knytnæve, der truede med at oversvømme søerne i de københavnske parker.

Langt, langt borte fra et andet kontinent dukkede den op i en ny verden. Til en tid den ikke kendte til. Den skjulte sig blandt andre skygger, indtil mulighederne opstod. Den bevægede sig let gennem de mørke områder i baggårde om aftenen og natten, indtil sulten tog over. Til den ikke længe kunne bevæge sig uden smerter.

Om dagen når skyggerne var få, lå den på lur og lyttede og stirrede ind i folks liv. Den havde sovet så længe, at det snart var tid til at slå til igen. Fortid var fortid, og den nye tid bød på muligheder, den kun havde drømt om, i mange, mange år.

En aften trådte den ud på gaden, forklædt som et menneske. Den så på alle de mennesker den passerede. De kendte den ikke. De vidste ikke hvad der passerede dem. Uvidende stakler, der ikke vidste bedre, end at tro det blot var en af deres egne. Den så dem smile, og lærte hvordan de gjorde. Den hørte hvordan de kommunikerede og lærte hvordan man gjorde. Sproget var ikke det samme. Den var forklædt som dem, og blev mere og mere klar, og mere og mere sulten.

En regnvåd aftenen stod Casper foran sin mor og brokkede sig højlydt. Dybt utilfreds med fordelingerne i hjemmet. Hvorfor kunne hans far bare ligge på sofaen og glo fodbold, når han selv blev sendt i kælderen med skraldeposer? I øvrigt vidste hans mor godt, at Casper ikke var vild med at gå derned. Han var skrækslagen. Hans far, der til tider havde et iltert temperament, havde tit truet knægten med den bøhmand, der åd uartige børn.

- Nu gør du hvad du får besked på, for bøhmanden er sulten. Er du med?

- Hvor er det bare smadder uretfærdigt, sagde Casper stille.

Drengens mor grinede bare og gav ham skraldeposen. Så nikkede hun mod døren.

Casper trak vejret tungt og rystede lidt på hænderne da han gik de første skridt ned.

Han holdt vejret mens han ledte efter knappen til lyset i opgangen. Han så kælderen blive lidt lysere. Kun lidt, fordi der manglede pærer dernede. Han gik efter lyset og prøvede at kalde. Måske var der nogen dernede. Det ville have lettet ham. Måske var der hende oppe på første. Fru Madsen. Hun var tit i vaskekælderen. Det ville være dejligt hvis hun også var det nu. Casper nåede helt ned. Kun én sølle pærer skulle lyse hele kældergangen op. Der var ufattelig mange skygger dernede, hvor den mørke mand sagtens kunne stå. Casper var ved at tisse i bukserne. Han var ikke bare bange. Det rystede i hele skelettet på ham. Hans små tynde arme var fyldt med gåsehud. Han kunne ikke stå stille, og hviskede for sig selv.

- Her er ikke nogen. Her er ikke nogen. Jeg vil ikke have at her er nogen. Vel?

Han nåede forbi pæren, der trods alt havde givet lidt trøsteslys. Men derfra var der mørkt. Der var små tyve meter hen til døren ind til skralderummet, og så kunne han kaste posen fra sig. Måske skulle han bare kaste den fra sig her og nu. Det ville garanteret blive opdaget, og så ville hans mor eller far få det af vide, og han ville få slag, for at være et uartigt barn, og den mørke mand ville komme. Nej, det turde han heller ikke. Han var tvunget til at gå derhen. Tolv meter mere. Han vente sig og så tilbage. Lyset fra den ene pære blev svagere, og begyndte at blinke. Nu skulle han altså skynde sig. Skyggerne blev længere og større jo længere væk han kom fra det blinkende lys. Lige indtil skyggen trådte frem foran ham.

Skyggen tog ham og løftede ham, og var rasende i det øjeblik. Den bed og Casper ville skrige, men han kunne ikke, så der var ikke nogen der lyttede. Skyggen holdt ham fast. Den stillede sin sult så det rendte fra mundvigen, indtil Casper ikke kunne mere. Så lå han der på det kolde kældergulv med åbne øjne, og var død. Efterladt som et brugt stykke legetøj.

Skyggen trådte ind i andre skygger og forsvandt igen. Den var sporløst forsvundet i mørket, mens drengen blev liggende og hans sjæl fik vinger og forlod ham grædende. Til sidst var der helt stille i kælderen. Casper lå alene, forladt af både sjæl og bøddel.

Drengen lå på maven på det kolde kældergulv. Hans øjne var åbne. Ansigtet var vredet i et udtryk af angst og rædsel. Han havde en lyseblå T-shirt på, der nærmest var flået i stykker flere steder på den lille spinkle krop. Der var masser af blod ud over hele T-shirten. Der lå en lille pøl, der så ud til at være kommet fra maveregionen. Det var ikke rødt. Det var mørkt i det svage lys. Der var bidemærker rundt omkring på overkroppen. Store tydelige mærker efter tænder. Måske fra et dyr, men det var svært at se. Det ville blive en opgave for retsmedicinsk. Drengen havde jeans på. Der var blod og tis ud over dem, og rigeligt af begge dele. Der var bidt lunser af drengens lår.

Kælderen var gusten og mørk. Der var kun én pære i kældergangen, der stadig kæmpede for at holde sig i live. Lyset var hvidgult og gav ikke et tydeligt overblik over situationen. Erik stod med sin lygte og lyste på drengen. Han rystede på hænderne. Han var ung og ikke særligt erfaren, og det var ikke længe siden han var blevet færdiguddannet politimand.

Bag ham stod Claus, der havde nogle flere år på bagen. Han talte med en meget rystet ældre kone i en blomstret kjole og forklæde, der havde fundet drengen da hun skulle i vaskekælderen. Hun måtte læne sig op af gelænderet.

- Gik du ned og tjekkede om drengen var i live, spurgte Claus.

- Tjekkede det? Det var da vist indlysende. Der er blod over det hele.

- Er du da læge? Kan du se det på afstand?

Claus var skarp i stemmen. Det var altså et barn der lå dernede. Det påvirkede ham.

Den ældre kone fik lidt senere lov til at gå op til sig selv, og Claus fulgte efter hende.

En tredje og fjerde betjent var gået ind til de ventende forældre. Ikke længe efter blev stilheden brudt af en mors grådfyldte skrig. Det var langt og skingert. Hun råbte hans navn hele tiden. Hun råbte i fortvivlelse og fortrydelse, efter selv at have sendt sin søn i kælderen. Ned til de skygger hun vidste han var bange for.

Erik blev stående nede i kælderen. Han kastede et hurtigt flygtigt blik på drengen, og så væk igen. Via sin radio havde han allerede tilkaldt teknisk, kriminalen og en ambulance.

Så begyndte han at notere hvad han så. Ind imellem måtte han træde et skridt tilbage. Han havde svært ved at klare synet. Det var første gang han havde været med, hvor offeret var et barn.

Det var en efterårsaften, og det var råkoldt. Mange valgte at blive inde i varmen. De fintklædte vagter i Tivoli havde en dræbervagt. Den var lang og rimelig ensom. Der var næsten ingen gæster at holde øje med.

Assistancen var ved at nå frem til Erik, og det passede ham godt. Et par voksne mænd brokkede sig over at de ikke kunne ned i deres kælderrum, men Erik fik dem ned på jorden igen. Samtidig kunne han udspørge dem om de havde set noget, eller hørt noget. Men ingen af dem vidste noget som helst. Ikke det mindste.

Ikke længe efter at den øverste myndighed var informeret, kom det som en bølge af vrede ind over København, også fordi man ikke kunne finde den skyldige. Der var ikke et eneste spor at gå efter. Hverken dna fra biddene, som ikke lignede menneskebid. Men hvad var det så? Hvorfor var drengen blevet dræbt i kælderen?

Der var heller ikke tale om et seksuelt misbrug. Spørgsmålene hobede sig op hos politiet, fordi der ikke var et eneste spor. Heller ingen vidner der havde set noget som helst. De stakkels forældre kunne næsten ikke magte at komme videre. Drengen var deres eneste barn. Aldrig mere skulle de opleve at han kom hjem og tigge penge til legetøj, eller høre ham klage over lærerne på skolen og alle hans hjemmeopgaver. De var knust, og et stort del af deres hjerter kunne næsten ikke slå mere. Nu var han en engel i deres drømme, men hvem fjernede ham? Hvem tog deres lille drengs liv? Hvordan kunne det passe at ingen havde set noget? Nogen måtte da vide noget? Men hvem?

Til gengæld var det her kun det første mord, i en ny tid.

Tvillingerne

Som sædvanlig uden undtagelse, skiftede efteråret farver i parkerne i København. Der var alt for stille, og opklaringen havde endnu ikke givet resultater.

Drengen var død, og der var ikke noget at gå efter, så chefen for drabsafdelingen havde kastet sin mistanke på forældrene.

Det kunne være dem, men anklageren kunne ikke bevise bidemærkerne, og hvorfor de ikke lignede menneskebid. Der var stadig ikke noget brugbart dna. Hvorfor var drengen bidt så voldsomt på lårene? Havde forældrene dyrket en eller anden satanisk kannibalsk sekt?

Forældrenes beskikkede advokat kunne afvise alle anklager, og anklageren kunne ikke stille noget op. Svarene lå i luften, og læserne af diverse kulørte magasiner og aviser begyndte at digte deres egen versioner. Der var mange. Nogen mistænkte den ene eller den anden. Man begyndte at se skævt til hinanden i det område hvor drengen havde boet. Forældrene turde dårligt vise sig på gaden. De var under anklage fra flere mere eller mindre uuddannede mennesker.

Den ene overskrift overtog den anden. Det kom frem, at drengen havde frygtet det, som han kaldte, Den mørke mand. Hvem var han nu? Den mørke mand. Var det en mand fra et fremmed land. En afro-et-eller-andet. Så begyndte man at se skævt til dem. Der var overfald. Heldigvis ikke så mange, men der var et, der udviklede sig. En flok maskebærende etniske danskere havde gået til den, i en baggård på Vesterbro. Den stakkels mand var efterfølgende indlagt i fire uger, med brækkede knogler her og der. Rødderne blev aldrig fundet.

Det der herskede i skyggen, var ikke tilfreds. Sulten gnavede og helvede ville bryde løs, hvis det ikke snart fik noget at spise. Det skulle have taget drengen med. Der sad stadig et par lunser på den lille størrelse.

Skyggen bevægede sig frit rundt om aftenen og natten, men mennesket var blevet mere påpasselig med deres unger. Det var ikke så let bare at tage dem. Der var næsten altid en eller anden tåbelig voksen i nærheden. Skyggen brugte sine tanker. Kældrene var et godt sted. Det var lykkedes der første gang. Måske var der held igen. Ellers måtte skyggen bruge andre metoder. Der var også den mulighed.

Et sted blev fundet. Igen en kælder hvor der ikke kom ret mange. Faktisk næsten ingen. Det var tykke lag af støv ud over edderkoppernes brede spinderi. Der var stille og fugtigt.

Måske for stille. Der blev bandet på et sprog, der lød spansk. Men her lød de bare som mørke hviskende lyde.

En rotte sprang forbi, og havde allerede udset sig dens næste destination, men den var ikke hurtig nok. Et eller andet greb den, og knuste livet ud af det lille dyr, inden den savlende blev fortæret. Der var svage gnaskelyde fra kælderen, men mennesket skulle altså tæt på for at høre dem.

Skyggens spanske gav mening, men kun for skyggen.

En aften, hvor efteråret bød på et blæsevejr, der fik de yngste træer til at svaje kraftigt i vinden og kaste de gule blade fra sig, skulle skæbnen ændre sig for en familie, der traf deres endegyldige dårligste beslutning.

Familiens to voksne var inviteret til kaffe og kage i en skøn blanding af Vild med dans og en krimi på etteren. De takkede ja, i den overbevisning, at når deres to yngste bare sov tungt, så kunne der ikke ske dem noget. De ville ikke selv stå op, og gå i kælderen, hvor det hed sig, at den mørke mand bevægede sig frit rundt. Det var i hvert fald hvad aviserne skrev, hvis man kun kunne stole på det.

Faderen var lastbilchauffør. En ordentlig kleppert på 190 centimeter høj, og med ikke mindre end 125 kilo på sit korpus. Jørgen var ikke bange for noget som helst. Han var vokset op i et barsk kvarter, og var københavner med stort K. Han havde også en fortid som ungdomskriminel, og en længere stribe af gamle sager, der primært handlede om vold. Men anklageren den gang havde ikke kunne finde nogen, der turde vidne mod ham, så Jørgen gik fri.

Lotte var en tidligere blondine, der havde mere og mere svært ved at holde fortidens farve i håret. Det havde ændret sig. Grå stænk blev flere og flere og blandede sig med de lyse lokker. Men med diverse creme og makeup kunne man nå længere. Et lag var aldrig nok. Hellere for meget end for lidt.

Jørgen var blevet tosset da hun ringede til ham og sagde at hun var gravid. Hun turde næsten heller ikke ringe, men hun turde heller ikke lade være.

- Så skal det sgu nok passe at der et par stykker. Så har vi fem unger. Du må fandeme styre dig. Fremover sover du hos ungerne. Det kan måske lære dig at holde snitterne for dig selv.

Lotte var en forsagt lille overvægtig kone, der havde ikke alverdens at skulle have sagt. Hun måtte nøjes med at sove hos ungerne, så Jørgen fik den fred han mente han havde krav på. Specielt nu, hvor der var to nye på vej.

Lige præcis den aften tre år efter, var to af de ældste børn til fest hos vennerne. De var Jørgens børn, fra første og andet ægteskab.

Ingen af dem lystrede hvis Lotte sagde det mindste pip. Det skulle hun ikke bestemme. Vi spørger bare vores far.

- Selvfølgelig må i gå til fest. Det bestemmer i selv. I er sgu da 13 og 15 år. Men hold jer væk fra slagsmål. Så er det bedre hvis en af jer ruller en bøsse i en af parkerne. Jeg kan ikke have de gamle stoddere, der lister rundt og leder efter en de kan bappe gren på. Føj for helvede.

Jørgen havde sine faste principper, og sin mening om mangt og meget. Regeringen var noget lort, uanset hvad farve den havde. Der var fejl alle steder. Hos dem alle sammen. Han elskede at sidde og høre statsministerens nytårstale. Han råbte og skreg så ingen andre kunne høre et ord.

Lotte nøjedes med at give ham ret. Hun så op til ham, og elskede når han endelig rørte ved hende. Tog hende lidt hårdt bagfra ude på badeværelset, og forduftede på værtshus når han havde fået taget trykket. Så stod Lotte tilbage og smilede. Det var elskov. Eller, det troede hun.

Familiens tredje barn var hendes. En køn lille størrelse på 11. Hun mærkede også forskelsbehandlingen fra Jørgen. Når det var jul, var det først og fremmest hans børn der fik. Hvis der så var lidt mønter tilbage, kunne hun få en brugt dukke. Lotte havde skam pakket den pænt ind i sølvpapir, så det skulle være en overraskelse fra julemanden.

Den lille runde kone havde taget sin alt for lille plisserede nederdel på, for at gøre en smule ud af sig selv. Tænk hvis Jørgen så det, og fik lyst til hende.

Hun kunne modstå fristelsen, da han stod alene ude på badeværelset. Hun gik ud til ham, og løftede sin bluse og blottede sine bryster. Han kiggede sløvt på hende mens han børstede sine tænder.

- Ja de er blevet trætte at se på. Kønt er det ikke. Husk at tage patteholder på. Ellers sidder stodderen op på fjerde og glor på dig med den ene hånd i lommen. Nå, er du ved at være færdig så vi kan komme af sted?

- Jeg skal lige putte de to små, sagde hun skuffet.

- Godt, så få det overstået. Jeg drikker lige en bajer imens.

Det var den aften Jørgen tog beslutningen, om at lade Lottes datter på 11 stå med ansvaret for sine to små brødre.

En aften hvor alt det grufulde blev lagt i hænderne på en pige, der var bange for sin egen skygge og fremmede lyde. Hun faldt i søvn foran fjernsynet, lige efter Bamse og Kylling. Så hun så heller ikke da nyhedsmediernes berømte skygge lænede sig ind over hende. Den blottede sine tænder og var ved at bide til, da endnu en ny lyd blandede sig. En lyd fra et barn der græd ind på et lille værelse.

Den vendte sig om og snerrede. Sulten gjorde den aggressiv.

Den kiggede på den lille pige og hviskede nogle gurglende lyde. De gav ikke mening, men for skyggen var de normale.

- Jeg kommer tilbage.

Lotte var blevet snalret i portvin. Jørgen kunne bedre tage det. Han høvlede den ene bajer ned efter den anden, mens han kommenterede de kvindelige dansere og deres former.

Stodderen oppe på fjerde sad med hånden i lommen og gav ham ret. Hans kone grinede bare, og drak også sine bajere direkte fra flasken. Hun åbnede dem alle sammen med tænderne. Dem der nu var tilbage. Det var ikke noget kønt syn. Men det ragede hende langsomt. Da hun blev fuld nok hjalp hun sin mand med en hånd i den anden lomme.

Skyggen var endnu mere rasende og hidsig. Det blev den af sult. Den gav sig god tid, og den fik stillet sin sult. Der var ikke nogen der vidste noget. Der var ikke nogen der hørte noget. Og så forsvandt den igen, som dug for solen.

Tvillingernes sjæle græd, fik vinger og forlod dem.

Døgnet efter havde politiet lagt en jernring om området. Det havde været et levende mareridt, da den pløreufulde Lotte, lige skulle kaste et blik ind til de to yngste da hun kom hjem. Hendes maveindhold forlod hende, mens hun skreg og skreg i rædsel.

Den lille pige på 11 blev aldrig nogensinde sig selv igen. Hun bebrejdede ikke sin mor eller hendes stedfar. Det var hendes skyld, syntes hun. Hun faldt i søvn. Tre år efter tog hun toget til Brøndby Strand, og kastede sig ud fra højhuset. Lotte var i chok, og alligevel mandede hun sig op, til at forlade Jørgen, der kun havde fældet to tårer, og ellers ikke havde lagt mere i det.

- Det må jo være en psykopat. Jeg skal lige få fat i den stodder, så smadrer jeg ham, var hans eneste kommentar.

De to små brødre var mere eller mindre splittet ad. Der var blod op af ned af væggene og en masse store pletter på gulvet. Til gengæld var der ingen fodspor. Deres små hjælpeløse kroppe lå på gulvet. Politiet var dybt rystet. For der var ikke noget fortilfælde.

Det gav genlyd hele vejen op til den øverste myndighed.

Folk græd på vegne af den stakkels mor, der fik deres sympati. Når Jørgen ytrede sig til pressen, gav det en anden reaktion. Der var ingen medfølelse. Folk valgte side, og følte med Lotte. Men det var ikke kun hende, der tabte.

De havde ikke en chance, tvillingerne.

Alarmberedskab

Kriminalkommissær Frede Jensen. Drabschef for Københavns politi kom direkte fra et møde fra øverste chef. Hans kinder var røde, og rynkerne i panden kunne minde om gevindet på en gammel skrue. Han hilste dårligt nok på kollegerne på gangene når de passerede ham i den store bygning med den runde gård. Han var tillukket og så kun direkte ned i gulvet. Han satte sig ind på sit eget kontor og smækkede med døren.

Ordene havde været tydelige, og ikke til at misforstå.

- Nu klarer du denne her sag, inden den finder vej til endnu flere landes nyhedsmedier. De er så småt begyndt at skrive om den i Sverige og Norge. Er du med? Er der noget du ikke forstår, eller skal jeg gentage det mere tydeligt? Det var nu. Det var helst i går, og det er i hvert fald ikke i morgen.

Tonen havde været sjælden for Frede. Han havde aldrig set chefen været så presset før. Hans chef kom direkte fra justitsministeren, der således også havde talt med lidt større bogstaver. De her børnemord, det skulle stoppes nu. Befolkningen havde allerede reageret med hadefulde beskeder mod de ledende myndigheder. Hvor mange drab skulle der til, før politiet fik fingeren ud af trompeten, og fangede den skyldige?

Det var efterhånden blevet hverdag, at man så justitsministeren på forsiden, der tog det roligt, mens politiet piskede rundt, efter en morder, de ikke havde det mindste spor af. Missionen var mislykkedes på forhånd.

- Vi er i alarmberedskab, kan jeg godt fortælle alle de bekymrede forældre. Alle betjente i uniform er informeret. Find ham og fang ham.

Justitsministeren havde forsøgt at se godt ud på fjernsynet. Han havde rettet på sit slips præcis fireogtyve gange på tolv minutter i det seneste fjernsynsinterview.

Da skyggen slog til for tredje gang, gik justitsministeren på orlov, på opfordring fra en presset statsminister, der ellers følte sig ovenpå efter en jordskredsejr, der havde sikret Danmark sin tredje kvindelige statsminister.

Det politiske talent var så som så, men hun skulle da have en lille medalje for alle de tiltag hun forsøgte at få igennem. Det lykkedes sjældent. Den blå blok var presset i bund. Der var allerede enkelte rygter om nogen, der ville forlade deres parti, til fordel for et af oppositionens lidt mere sikre røde flertal.

- Vi står næsten klar på alle gadehjørner efter mørkets frembrud. Alt disponibelt personale er taget i brug. Alle ferier en inddraget, indtil vi fanger ham. Måske har vi ham allerede. Jeg har i hvert fald gjort mit til at han bliver pågrebet, sagde justitsministeren og vaskede sine hænder.

Det tredje drab efter tvillingerne, rystede alle, ikke kun de pårørende, der flygtede ud af Danmark, for at søge asyl et andet sted.

Alle danskere, der læste diverse farverige nyhedsmedier, der strålede på hvert gadehjørne når menukortene blev sat op var også rystede. Men ikke bare rystede. Folk var virkelig bange. Der var børn der ikke blev sendt i skole, og børn der måtte tage med på arbejdet.

Ali Yunes var en godt integreret familiefar, der både havde lært sproget og fået sig en uddannelse. Han skiltede ikke med sin muslimske tro, men han generede heller ikke nogen med den. Han var blevet buschauffør og passede sit arbejde hver dag. Hans kone havde fået et job i et rengøringsfirma på deltid. De havde sparet op, indtil de kunne låne resten til et hyggeligt rækkehus i Greve. Med kælder, stue og første sal med et par værelser. De havde to små størrelser, der havde en masse venner. Det hele fungerede. En på 12 og en på 10 år, der gik en uvis fremtid i møde.

Skyggen havde for første gang bevæget sig ud fra storbyens ellers sikre sted at brødføde sig. Der var ellers masser af skygger at kunne bevæge sig rundt i derinde, men der kom ikke så mange børn derinde mere. Der var ikke flere af de små skikkelser, der fik lov til at gå alene i kælderen mere.

Det var blevet tid til at tage chancer. Måske kunne man finde et fast sted at slå sig ned, og bare vente til det rette øjeblik, og så slå til. Sulten ville melde sig, og skyggen håbede at der ville gå længe, før det atter var tid til at sætte tænderne i et barn. Jo yngre jo bedre.

Kampklædte politibetjente sparkede dørene op i mange af de københavnske kældre, i den indre by. De blev kørt rundt i grønne busser i en deling af gangen, og så løb de ellers ned ad trapperne og råbte og skreg. Gevinsten var en spritter i ny og næ, der lå og sov den ud. Måske en pige, der tjente til dagen og vejen, ved at sælge sig selv, men der var ikke nogen børnemordere, med en unormal stor mund og spidse tænder, der ville kunne bide et barn ihjel.

For den skygge ventede et helt andet sted, til der blev ro. Intet og slet ingen skulle stå i vejen for den, der havde magten til at angribe og æde, når sulten meldte sig.

Kommissær Frede var tilfreds med sit mandskab. Der blev arbejdet koncentreret og effektivt. Desværre uden resultat.

Man begyndte at gå rundt med den opfattelse, at man havde fået jagtet den psykopatiske børnemorder ud af området, og måske helt ud af landet. Justitsministeren fra det temmelig højreorienteret nye parti, Liberale Danskere, gik på talerstolen og proklamerede at hans initiativ havde vist sig nyttigt. Der var ikke nogen, der skulle bekymre sig mere.

På et lille snusket hotel i den indre by sad en gæst og mumlede for sig selv. Cheferne kunne altid komme til ham, men det vidste han også de aldrig ville. Han var ikke samarbejdsvillig, og gik ind for alternative metoder, og troede på ting som ingen rigtig havde, kunne bevise endnu.

Det var af samme årsag, at han havde fået sit helt eget kontor helt oppe under loftet inde på gården.

Han havde en god opklaringsprocent. Derfor kunne Frede ikke bare smide ham ud, hvilket ellers var et stort ønske.

- Hvorfor kommer de ikke bare op og banker på døren?

Han kunne høre sig selv sige det højt. Men han hverken ville eller kunne svare på sit eget spørgsmål.

Han tændte en cigaret og lænede sig ud af vinduet. Det var ellers ikke tilladt at ryge på hotellet, men de kunne bare komme og bede ham slukke lortet, eller holde sig væk.

Det ragede ham langsomt. På ringfingeren sad der en mat guldring. Han sukkede dybt inden han tog den af og kastede den bagover den venstre skulder. Det ærgrede ham allerede sekundet efter. Han knipsede cigaretten ud af vinduet og vendte sig. Ringen var landet på en roede seng. Han satte sig og bandede af sig selv, og rystede på hovedet inden han tog ringen på igen.

- For helvede Charlotte. Jeg elsker dig jo, hviskede han. Så begravede han ansigtet i hænderne.

Cigaretten var landet fire etager nede, midt i en vandpyt, hvor livet var druknet ud af den. Væk var røgen, der havde fulgt den på vej.

Aftenen bød på en overskyet himmel og regnvejr, og millionvis af skygger rundt omkring. Tonsvis af mørke afkroge hvor en sulten morder kunne bevæge sig fri blandt fredelige mennesker, der bare ville hjem.

Der var stadig masser af politi på gaderne. De stoppede alle på gaderne, og lyste dem i ansigtet, og nogen blev utilfredse. Der var protester og nogen blev anholdt for at protestere.

Politiet var i alarmberedskab, og slog til alle tænkelige steder hvor de kunne.

Imens sad skyggen bare og ventede og ventede. Lige til det rette øjeblik. Da et barn ville ned i rækkehusets kælder, for at hente den store kasse med papir og farveblyanterne.

Da bød skyggen barnet velkommen.

Ikke længe efter forlod en grædende sjæl sin døende krop. Den fik vinger og så sig ikke tilbage. Barnet lå tilbage, og kom aldrig op med kassen med papir og farveblyanter.

Senere den aften, var det en mors fortvivlede skrig, der brød stilheden. Hun skreg og skreg på retfærdighed og savn. Da et viderestillet telefonopkald nåede Frede Jensens kontor, sukkede han bitterligt og trist.

Han troede vitterligt at hans ordrer havde givet ham det han troede så stærkt på. De var ellers forberedt og klar til at fange ham. Men de var ikke forberedt nok. Han greb telefonen og ringede beskeden videre længere op til andre beslutningstagere. Hans chef ringede videre til justitsministeren, der tog konsekvensen og gik af.

Få dage efter blev den fungerende justitsminister præsenteret hos dronningen. Han startede med at fyre Fredes chef, og gav ordre til at der skulle dannes en taskforce, der kunne, og skulle fange morderen.

København var ikke længere bare i en forståelig panik. Hovedstaden skulle være, og var i alarmberedskab.

Taskforce

Frede Jensen stod foran seks specialbetjente. De var blevet udvalgt ud fra deres kompetencer. Han var stille til at starte med. Han stod med deres papirer mens der herskede en anstrengt støjende tavshed på et nyoprettet kontor til den nyoprettet gruppe, man mente ville kunne gøre en forskel.

Alice Vestergaard havde en årrække som betjent bag sig hos kriminalpolitiet. Hun havde allerede set nogle af de grimmeste ting som mordere kunne finde på. Hun var klar til en svær opgave. Det var det opgaven gik ud på. Hun skulle være lederen af gruppen, og skulle lede og fordele opgaverne mellem de fem andre. Alice var 44 år, var gift og havde to børn. Hun følte en masse anstrengte følelser for den børnemorder.

Den næste var **Anker Gregersen**. Han var 39 år, og af grønlandsk af afstamning. Anker var alene med sin mor. Han var forholdsvis ny i kriminalpolitiet, men havde allerede opnået et ry som en dygtig politimand. Han havde flere kilder rundt omkring på Vesterbro blandt spritterne, narkomanerne og andre af byens knapt så velstillede beboere, der levede på gaderne.

Peter Frandsen var dygtig på en computer på et højt niveau. 36 år og forlovet med Ina, der havde deres første barn på vej.

Simon Hansen var helt sikkert gruppens største medlem. 37 år. Han var stor som et lille sommerhus og stærk som en okse. Han fyldte det meste af en dørkarm ud. Simon var alene, med sine drømme om et forhold til sin gamle klassekammerat, Frederik.

Gruppens femte medlem, var gruppens ældste. Det var den 56 årige **Kenny Madsen**. Han havde været hos kriminalpolitiet i en længere årrække. Han var ellers blevet tilbudt en stilling som vicekriminalkommissær i Esbjerg, hvor han kom fra. Men Kenny havde slet ikke ambitioner den vej.

Den sidste i gruppen var den yngste. **Theis Jespersen**, 32 år og helt ny i kriminalpolitiet. Theis havde en fordel fordi han tænkte klart og hurtigt, og havde allerede været med til at opklare flere sager. Han var single, og søgende. Theis var en pæn ung mand, der kunne få de fleste unge piger på gården til at vende sig og sende lange blikke efter den unge fyr. Men Theis var genert.

Frede så på sine betjente og tog de små læsebriller af, der havde for vane at sidde fast på næsetippen af ham.

- Jeg behøver ikke at fortælle Jer, hvad denne her sag betyder. Den fylder pressen hele tiden, og den skal opklares hurtigt. Jeg vil have Jer til at gå de få spor igennem vi har. Det er ikke meget og der er ikke mange, men jeg satser på Jer. Jeg ved I er dygtige alle seks. Ellers stod i ikke her. Jeg vil have Jer til at gå alle kældrene igennem her i København. Også udenfor København. Sidst slog han til i et rækkehus i Greve. I får alle de mænd i uniform, der er behov for. Vi har helikoptere i luften hver aften. Der kører hundepatruljer rundt alle steder inde i København. Alle kan hurtigt tilkaldes. Men jeg vil have Jer seks i gang, i døgnets fireogtyve timer. Jeg vil se resultater, og det vil alle andre også. Min chef holder øje med os, og det gør pressen også. Mellem os her på kontoret, er jeg ligeglad med hvilke metoder I benytter. Han skal fanges, og så rager det mig en lille prut hvordan I gør. Er der nogen kilder ude i byen, så ringer I til dem nu med det samme. Nogen må vide noget, om det så kræver, I ind imellem må tage hårdt fat, så er jeg ligeglad. Nu starter I med at holde et lille internt møde, og så fordeler Alice opgaverne mellem jer. Har I nogen spørgsmål?

Der var ikke nogen, der sagde noget.

Senere samme dag stod Frede ret foran sin chef. Han fortalte om sin nye taskforce, og at han regnede med et hurtigt resultat. De var dygtige alle seks.

Hans chef kiggede ned på sine papirer på sit blankpolerede skrivebord. Så skævede han henover sine briller.

- Har du brugt alle dine resurser Frede, spurgte han.

- Jeg har i hvert fald fundet en god gruppe, der er klar til at arbejde alle døgnets timer. Vi skal nok finde ham.

Chefen lagde et stykke papir frem.

- Hvorfor har du ikke spurgt William?

Frede fik røde kinder. Det var hans ømme punkt. Han tøvede med at svare, og stod nærmest bare og så ned i gulvet.

- Han har travlt med andre sager. Dem jeg fundet er dygtige.

- Det er William også, sagde chefen hurtigt.

Frede rømmede sig og trak vejret tungt.

- William var dygtig engang. Han har bare svært ved at indordne sig, og han tænker anderledes end vi andre gør. Jeg har brug for en gruppe, der arbejder koncentreret. Vi leder ikke efter spøgelser eller vampyrer. Vi skal fange en morder. Jeg stoler på min gruppe.

- Hvor ved du fra hvad vi leder efter? Vi har en seriemorder gående omkring der jager børn. Er vi overhovedet gearet til det? Det skal du bevise nu. Ikke? Jeg vil have du bruger alle dem der er. Ikke?

Frede holdt vejret længe inden han responderede. Han lagde hovedet på skrå, og håbede på chefens forståelse.

- Har du et horn i siden på William? Jeg mindes at han opklarede en del sager da I arbejdede sammen. Også den om sygeplejersken, der vandrede rundt på et hospital og slog ældre mennesker ihjel. Dengang hvor ingen af Jer kunne finde ud af hvad fanden der forgik. Ikke?

- Det er rigtigt, men han vil ikke samarbejde. Jeg vil ikke have ham i min gruppe. Som sagt, jeg stoler på de andre.

På et lille hotelværelse, der ikke var meget større end en celle i de fleste fængsler, sad William på sengekanten. Han sad og sendte en sms til hans ekskone, Charlotte, og spurgte om han snart kunne få lov til at bruge en dag sammen med deres datter, Bianca. Der kom sjældent noget svar, og han vidste godt hvorfor. De 20 år han var sammen med Charlotte, havde han ikke været nogen engel. Tværtimod.

Druk, skænderier, og utroligt mange timer på arbejdet gjorde ikke noget godt for ægteskabet. Charlotte gjorde det forbi og det knækkede William.

En nyhed skrattede ind på hans hjemmelavede politiradio. En ny gruppe var samlet under Frede Jensen, til at opklare alle tiders største sag, om børnemorderen.

Alice og hendes gruppe sad sammen i et lille mødelokale.

- Vi begynder med at besøge familien i Greve, og hvis det giver noget, bare det mindste spor, så går vi efter det. Peter du bliver her, og søger på alt hvad du kan finde på computeren. Anker, du opsøger alle dine kilder. Måske er der noget der. En eller anden må vide noget, og vi SKAL finde dem der ved det mindste. Simon, Kenny og Theis kører med mig. Er I klar?

De nikkede alle sammen, uden at vide hvad de skulle lede efter, men Fredes nye taskforce følte sig klar.

Et helt andet sted, blandt mange skyggefyldte steder, stod skyggen. Den fulgte trafikken blandt fortravlede mennesker og trak roligt vejret. Regnen silede ned, og solen havde ikke bare svært ved at trække gennem det tætte skytæppe. Det var umuligt, og det passede skyggen perfekt.
Sulten snerrede og humøret var på nulpunktet. Rasende så den sig omkring. Bare der var et enligt barn et sted.

Skyggen lod sig svæve hen til et sted, hvor der virkelig var mørkt. I en kælder, hvor der ikke kom ret mange i øjeblikket. Der stod skyggen i skyggerne og klamrede sig til håbet om et snarligt barn, hvor skyggen kunne få stillet sin sult. Skyggen var ikke skabt med følelser. Den blev vækket til live, efter en umenneskelig lang søvn, og det kostede på menneskernes vegne. Jo yngre jo bedre.

I Greve sad Alice med den utrøstelige mor. Hun talte kun dårlig dansk, og hendes mand sad og holdt om hende.

Simon og Kenny var nede i rækkehusets kælder. Teknikerne havde været der, og ledt efter fingeraftryk, og noget andet der kunne pege i en eller andet retning. Men der var ikke noget. Man kunne se hvor barnet var myrdet hurtigt og brutalt, og lydløst. Men der var end ikke fodspor efter morderen. Theis var rundt i området for at spørge alle han mødte om der var nogen, der havde set det mindste. Om der bare var en eller anden, der måske havde set en eller flere kravle ned i den kælder. Man kunne kun komme ned i kælderen indefra huset, eller gennem et kældervindue, der lå lige ud til parkeringspladsen. Vinduet var ikke brudt op. Det kunne man se. Det havde ikke været åbnet i årevis. Så morderen måtte nødvendigvis have været inde i huset, og måtte havde gemt sig i kælderen, til barnet gik derned.

Forældrenes forklaring var lige til. De var kommet hjem fra arbejdet samtidig med af det ældste barn havde hentet den yngste på skolen. Alice sad og stirrede på Ali. Var det ham? Havde han slået deres eget barn ihjel? Måske havde denne her sag slet ikke noget at gøre med de andre sager.

Kunne det her være et æresdrab?

Timer senere gik Kenny hårdt til faren i et afhøringslokale.

Simon sad i baggrunden og så vredt på Ali Yunes.

- Og du er helt sikker på at det er rigtigt hvad du fortæller mig? Du rørte ikke din datter, for du har ikke noget imod børn? Er det præcis det du fortæller mig?

- Jeg har aldrig slået mine børn. Aldrig nogensinde.

- Kan du bevise hvor du var da de andre børn blev slået ihjel, Ali? Det må du jo kunne, for du slår jo ikke på børn, vel?

Ali svedte. Det var meget ubehageligt at blive presset på den måde. Han vidste at han ikke havde gjort sin datter noget. Han hadede tanken, og hadede ham der havde gjort det.

- Jeg har ikke noget med det her at gøre. Det må I forstå.

Simon rejste sig og lænede sig ind over bordet.

- Kan du godt lide små piger, Ali? Er det mon det der er problemet? Du kunne ikke modstå fristelsen, vel?

Ali blev vred og fór op af stolen. Han så direkte i Simons øjne. Han bed tænder sammen.

- Jeg er ikke den type. Ok? Men hvis jeg får fat i ham der myrdede min datter, så dræber jeg ham. Er du med?

Simon rettede sig helt op, så det knagede i ryggen.

- Ville du kunne slå ihjel med koldt blod, Ali? Det er ikke alle der ville kunne det. Men du har jo også været soldat, der hvor du kommer fra. Der lærte du at slå ihjel, hurtig og effektivt. Passer det ikke?

Ali var rystede. Han satte sig roligt ned. Han rystede på hænderne. Han gispede.

- Jeg har ikke rørt min datter, og nu vil jeg gerne have en advokat. Jeg siger ikke mere før jeg får en advokat.

Kenny rystede på hovedet. Han vidste at de ikke ville få mere ud af ham. Men han var stadig mistænkt.

Forbi afhøringslokalet gik en skikkelse, der ikke var udvalgt til gruppen. Han havde sit eget kontor helt oppe under loftet inde på gården. Han rystede også på hovedet.

Han hviskede så han kun selv kunne høre det.

- Det er garanteret ikke ham. I skal lede helt andre steder.

Alice var tilfreds. Nu havde de en mistænkt. Nu havde de noget at gå efter. Han skulle sikkert bare presses lidt mere.

Ude på gangen passerede Frede William, og William kunne ikke lade være.

- Held og lykke, sagde han og Frede sukkede.

Senere samme dag sad gruppen samlet i mødelokalet. Frede så rundt på de forskellige.

- Hvad har I? Har I noget som helst?

- Jeg har været rundt i området omkring familiens rækkehus. Absolut ingen har set noget. Slet ikke, sagde Theis. Alice sad med en mappe og virkede mere selvsikker.

- Jeg tænker stadig på faren. Eventuelt moderen. Det kan ikke være andre, som jeg ser det. Men om det også er dem, der slog de andre børn ihjel, det ved vi ikke endnu.

- Ok. Så har vi noget at starte med, slog Frede fast.

Skyggen var allerede videre. Den nød sin anonymitet. Den var klar til endnu et angreb, og ville ikke holde sig tilbage.

I en kælder hvor alle pærerne var knust, var det ikke svært. Det var nærmest for let. Nye planer blev lagt, men en indtrængende sult meldte sig. Bare endnu et lille måltid, inden de nye planer skulle leves ud i virkeligheden.

Måske ville mennesket langt om længe finde ud af, hvem der herskede, og hvem der var nederst i fødekæden.

Hvis den tænkte menneskeligt, ville den kunne more sig, ved tanken om deres forsøg på at finde ham.

En gruppe intetvidende personer, der bare ville løbe rundt om dem selv, med halen mellem benene uden at vide hvad og hvem de skulle jagte.

Skyggen var udødelig. Den kunne jages væk, men kun med de rette ord. Det var det der var bedst. Den sætning havde de sikkert ikke her. Her kunne leve uden frygt. Her kunne den stille sin sult når det passede den. Den var øverst på skamlen. En vinder, der bare kunne se ned på alle taberne, til der ikke var flere børn tilbage.

Den var et rygte, engang. Noget man skræmte børn med. Men ikke mere. Nu var den virkelighed, lige her og nu. Ikke af kød og blod, men den nød det gerne. En skygge i skyggen. Som en mørk mand.

De ville aldrig kunne fange den. Denne taskforce.

Endnu en lille sjæl

Der var så mørkt og dunkelt, og beskidt og støvet. Alle hjørnerne var besat af store spindelvæv. Men der var ikke megen gevinst. Det var efterår og køligt, så der var ikke synderligt mange fluer tilbage. Men edderkoppen skulle have en applaus for det store arbejde. Den sad ganske givet i et hjørne og lurede. Mens den hviskede "Kom nu små venner" men det var den ikke ene om at hviske.

Der var lige præcis så uhyggeligt nede i den cykelkælder, som Christian forestillede sig. Han stod med sin cykel i hånden og rystede. Hans far havde råbt på ham mindst tre gange. Han vidste godt hvad det betød. Den stramme mine var lagt ud over hans far ansigt. Men han turde ikke gå i kælderen alene. Der var også blevet sat sedler op. Børn havde ingen adgang i kældrene. Dem var hans far forholdsvis ligeglad med. Han havde endda revet flere af sedlerne ned. Det skulle myndighederne eddermame ikke bestemme. Knægten havde bare at gå ned med den cykel selv. Færdig. Men Christian turde ikke. Regnen silede ned over ham. Det var også begyndt at trænge igennem hans tynde vindjakke. Og selv om han havde undertrøje på inde under sin T-shirt, så var han alligevel drivende våd helt ind til skindet. Han var en stor dreng trods sine kun 12 år.

Christian kunne lide søde sager. Så han havde en del af det, som de voksne kaldte hvalpefedt. Han var rund, og glad for det meste. Bare ikke der, da han stod foran trapperne ned til cykelkælderen. Der var vel ni skridt derned, men de føltes som tre tusind. Der var uendeligt langt derned.

Gennem et vindue forneden kiggede skyggen af en mørk mand op. Han begyndte allerede at savle.

- Ven aquí abajo niño, hviskede han på sit eget sprog.

"Kom herned dreng."

Oppe fra tredje sal fløj et andet vindue op. Og en brysk herre kiggede ud og ned.

- Så er det NU Christian. Ned med den cykel og så er det herop og i bad, og så er der aftensmad.

Christian så nervøst op på sin far. Normalt ville han aldrig svare igen. Det turde han simpelthen ikke.

- Men jeg tør ikke, far. Der er også en seddel. Jeg må ikke.

Faren rystede på hovedet. Han fattede det ikke. Han trak vejret tungt gennem næsen, og sendte en klat snot gennem luften, der landede tungt i en dyb vandpyt.

- Må jeg ikke godt bare stille cyklen hernede op af væggen?

- Tror du jeg er dum knægt. Tror du jeg betaler over fem hundrede kroner nede hos Sorte Franz for en helt ny racercykel til flere tusind kroner, for at du skal smide den væk? Jeg er ikke idiot. Nu går ned med den cykel, ellers.

Han sagde ikke mere, faren. Men han holdt sin næve ud af vinduet, og i hans hånd var der et bælte.

Hvis ikke Christian rystede så meget før, så gjorde han det nu. Som et espeløv stod han der i regnvejret og gispede. Han vidste dårlig nok hvad der var værst. Mørket i kælderen, eller øretæverne fra hans far.

Revselsesretten herskede ikke her. Det gjorde Richard. Drengens far, der stadig ikke stod tilbage for en god øretæve, hvis knægten ikke lyttede.

Der var faktisk ikke noget bedre, end at komme ned på sin lokale smugkro, hvor man fik bajerne til høkerpris, og så prale af, at man igen havde givet knægten høvl. Han kunne også se på de andre gutter når de rystede på hovedet, at han var en fandens karl. Han havde jo også sit ry at passe på. Richard fra Viktoriagade. Ham løb man ikke om hjørner med. Han havde også lagt mærke til at Sutte-Søs havde kommenteret hans praleri. Der var altid en flabet bemærkning derfra. Men dem var Richard kold over for. Hun og hendes pis. Hun kom også og bad om penge, bare fordi hun mente at Richard var far til hendes datter. Ikke om han ville give hende en krone. Han havde kun duskede hende et par gange omme i baglokalet. Så skulle det lige passe at tøsen var blevet gravid? Richard købte den ikke.

I Viktoriagade, foran kældertrappen stod Christian stadig.

Han prøvede at tage mod til sig. Han nærmede sig det første trin, og han var ved at tabe cyklen. Den første af flere tårer fugtede hans øjne. Underlæben skælvede. Christian mærkede i maven. Han skulle også på toilettet. Hun turde i hvert fald ikke komme op, hvis han også havde lavet i bukserne. Det var pinligt, og hans far ville blive rasende. Han havde prøvet det før. Der måtte han selv stå alene nede i vaskekælderen. Det var både pinligt og uhyggeligt. Selvfølgelig var fru Nielsen kommet forbi og spurgt hvorfor han stod dernede alene. Han ville ikke fortælle sandheden. Så ville hele ejendommen og resten af Viktoriagade vide det. Det ville heller ikke være til at holde ud at tænke på. Regnen tog til, og det føltes som et vaskeægte brusebad. Ristene i gaden kunne slet ikke følge med. Vandet sejlede hen ad gaden, og nogle steder løb det ned i kælderen.

Mario, der ejede den store pizzarestaurant henne på hjørnet kom løbende forbi Christian. Han bandede på et sprog der var en blanding af dansk, engelsk og tyrkisk på samme tid. Han nåede lige at råbe hej til Christian da han fór forbi. Mario var god nok. Han var altid sød ved Christian. Hvis han havde haft bedre tid, havde han sikkert også gået med i cykelkælderen sammen med ham. Man kunne også altid få på klods henne hos ham. Christian gættede på at hans far havde en stribe regninger hængende henne hos Mario, for de spiste aldrig andet end pizza. Ind imellem, hvis hans far var i godt humør, fik han en cola til maden. Bare den billige henne var Netto, men det var stadig cola.

Skyggen bredte sine arme ud til siderne, da den hørte at drengen var ved at være nede. Den slikkede sig om munden og store spidse tænder kom til syne, men de voksne ville ikke kunne se det. Den var en børnedræber, og den ville nyde det igen. Den hørte drengen ase og mase med sin cykel. Drengen stønnede og pustede, og måltidet nærmede sig.

En regnvåd dreng åbnede døren. Han var alene med sin cykel, og kiggede forsigtigt ind. Han forsøgte at tænde lyset, men det virkede ikke.

Den sene eftermiddag da politiet ringede på døren til Richard, troede han ikke på dem. Han var hundrede procent sikker på at det handlede om Sutte-Søs og hendes unge, så han startede med at nægte alt kendskab til den sag, men der var nu et eller andet over betjentenes triste ansigtsudtryk, der vækkede ham fra sit nægtende væsen.

Han troede ikke på dem, da de spurgte om han var far til Christian Pedersen på 12 år.

- Ja, ja det er jeg godt nok. Har knægten lavet ulykker? For så skal jeg fandeme nok ordne ham.

Betjentene tøvede med at svare. De så på hinanden, som om de ventede på den anden skulle svare. Det var ikke nogen rar besked. Men den skulle formidles til faren.

Der var ikke nogen af dem der så det. Den grædende sjæl med vinger, der passerede dem. Den så skuffet og trist på Richard. Hvordan kunne du være det bekendt?

Den aften græd Richard for første gang i mange år. Det strømmede fra hans øjne mere end dengang han mistede drengens mor i en trafikulykke.

Han gik ned på den lokale smugkro og græd ud ved Søs. Hun sagde ikke så meget, men hun blev overrasket, da Richard pludselig spurgte hende.

- Hvor meget skylder jeg til vores datter?

Skyggen af en mørk mand forlod kælderen før han blev opdaget. Han var tilfreds. Drengen fyldte godt.

Den nåede aldrig at høre fru Nielsen komme forbi et kvarter senere. Hun skreg hysterisk. Hun havde sin lommelygte med, for der var så mørkt i kælderen, og pludselig landede hendes lyskegle på lille Christian. Det chok ville tage lang tid at fortage. Fru Nielsen skreg, og skreg så inderligt på hjælp fra enhver, der ville støtte hende.

Han var jo bare endnu en lille sjæl.

Frustration og demonstration

København gik amok da nyheden om Christian nåede medierne. Folk krævede retfærdighed, på alle tænkelige måder. Der var store demonstrationer på rådhuspladsen. Flere og flere stimlede til med store bannere med skriften:

PAS NU PÅ VORES BØRN

Ansigterne var vrede og frustreret. Det stod malet i deres pander. Fang nu den morder. Men de vidste ikke besked.

Nogen demonstranter var mere aggressive end andre. Nogen havde kasteskyts med, i form af æg, der landede på pladsen foran rådhuset, indtil det hele mindede om en stor kommende flyende æggekage.

Andre demonstranter kastede med maling, og nogen blev anholdt og der opstod slagsmål mod politiet.

Der var også demonstranter der var der, for demonstrationens skyld. Endelig var der en grund til at skabe ravage, med kampe og knuste flasker.

Der var nogen der havde sat en lille scene op, med en mikrofon, så utilfredse københavnere kunne stille sig op og ytre deres utilfredshed, og føle omsorg for alle forældrene.

Fra en fængselscelle vakte det stor interesse at et nyt barn var fundet dræbt. Det var ikke nogen glæde for Ali Yunes. Han havde selvfølgelig ondt af faren. Men det var ligesom beviset for at han ikke havde gjort noget.

Det var ikke kun byens beboere, der var frustreret.

Alice, der var så skråsikker på, at Ali selv havde dræbt sit barn, stod nu der og så ikke videre kvik ud. Var de nu to om det? Var Ali bare en af en række mordere? Hun nægtede at slippe tanken om at han havde gjort det. Men pludselig var der bare en ny sag, om et nyt barnemord. Hun så ned i gulvet.

- Hvis der er nogen, der vil komme med en eller anden dumsmart bemærkning, så er det nu. Jeg er ikke i humør til det, og sætningen skal være kort. Er det forstået?

Der var ikke nogen i gruppen, der rigtig følte den store lyst til at kommentere noget som helst lige der.

William sad på sit kontor. Der var selvfølgelig noget der ikke kunne passe, så han begyndte at tænke andre veje, hvilket var helt naturligt, for ham. Men hvilke veje skulle det gå? Det vidste han ikke endnu.

Frede sad på sit kontor og var chokerede. Alice havde været så overbevisende i sin snak om Ali. Og det kunne vel i princippet stadig være ham, der slog sin datter ihjel, eller hvad? Han kunne holde tanken ud, og gruppen måtte starte forfra fra nul til resultater. På ingen tid. Og denne gang skulle de altså komme op med noget. Morderen var åbenbart inde i centrum igen, og bevægede sig kvit og frit rundt derinde, og slog børn ihjel når det passede ham, eller dem. Ingen vidste noget præcist. Ingen.

Demonstrationen voksede og politiet havde det svært. Det var næsten uoverkommeligt. Det kunne ikke stille noget op. Skaren af demonstranter voksede hele tiden.

Inde på rådhuset stod overborgmester Per Hansen og så nervøst ud på masserne af mennesker. Han kunne se at der pludselig var flere demonstranter, end der havde været glade danskere den dag i 92 da europamesterskabet skulle fejres. Tidspunktet kunne ikke have været dårligere for ham.

Per havde selv et par sager kørende, fordi han var lidt for dameglad til partikonvektionerne. Han drak sig fuld, og gav den gas. Alle vidste det. Hele partiet. Men det blev mørkelagt hver gang. Fingeren foran munden hvis pressen var i nærheden. Vi siger ikke noget. Vi nægter det hvis de spørger, men til sidst kunne de ikke nægte mere, og pludselig stod Per i lort til halsen.

Det gjaldt hans fremtid, hele hans karriere og hans ægteskab.

Demonstranterne rasede og kaldte hans navn, og forlangte at han gik af. Et par ruder blev knust og politiet havde mere end rigeligt at gøre med at se efter hvem der gjorde det.

- Jeg tør ikke gå ud og tale dem til rette, sagde Per.

- Det er nok heller ikke nogen god idé, sagde hans sekretær.

Bag dem kom en rådhusbetjent gående.

- Jeg er nødt til at sige at de står rundt om hele rådhuset lige nu, og de er ved at gå amok. Vi har bedt politiet om at hente forstærkning fra yderkommunerne, så vi kan få Dem kørt hjem i sikkerhed.

Per nikkede med et blegt ansigt.

- Tak, hviskede han og sank en større klump.

Den nye fungerende justitsminister ringede omgående til Fredes chef. Han måtte have flere resurser at gøre godt med. Nu måtte de altså komme op med et eller andet. Han troede de havde ham.

Frede ringede til Alice.

- Hvad mangler i? I kan få det hele, sagde han.

Hendes svar var så stille. Det støjede som en sommerfugl.

- Jeg ved det ikke.

Der blev sparket på de store døre ind til rådhuset, og flere og flere rådhusbetjente måtte strømme til, for at holde den lukket. Der kom flere styrker til af betjente, og de var nødt til at benytte deres nyeste våben. En vandkanon.

Det spredte demonstranterne, som så gjorde af nogen af demonstranterne kastede sig i lag med at kaste og knuse butiksvinduer på Strøget.

Det blev en aften som ingen ville glemme. Hverken politikerne, demonstranterne, politiet eller skyggen af en mørk mand.

Han så menneskernes reaktion og tog det roligt. Han var på toppen, og havde allerede lagt nye planer, i et efterårsforladt sommerhus i Kløvermarken. Der ventede han til hans næste handling skulle finde sted.

Ud på aftenen stilnede demonstrationen af, og det begyndte at regne igen. Kraftigt. Rådhuspladsen lignede en slagmark som efter en nytårsaften på godt og ondt.

Det værste var, at alle godt kunne forstå folks reaktion. Det var hele tiden børn det gik ud over. Og efterfølgende deres pårørende.

Alle kunne selvfølgelig godt forstå den frustration og demonstration.

Ufattelig mange skygger

Politiet fik uhyggeligt mange meldinger om skumle typer, der var set gående rundt omkring i kældre i København, og de var nødt til at rykke ud hver gang. Hver gang tænkte Alice, nu var den der. Hun blev presset fra Frede, der blev presset fra sin chef. Sådan gik det hele vejen op. Hele vejen ind gennem de lange gange og forbi de forskelligt portrætterede politikere, til det store glasparti ved døren ind til statsministeren. Her sad hun og havde hverken svar på det ene eller det andet, når det gjaldt børnemorderen. Hun kastede ansvaret fra sig. Det måtte altså være justitsministeren der skulle svare på det de spurgte om. Hun hverken kunne eller ville svare på det de kastede i hovedet på hende. Hver dag blev hun spurgt hvornår de fangede ham, der gjorde alle byens forældre usikre, og med rette.

- Snart, meget snart, var standartsvaret. Sandheden var reelt en helt anden. Hun anede det ikke.

Der var ingen, der vidste det. For ingen vidste hvad de var oppe imod. De fleste var af den overbevisning at det bare var en eller anden psykopat, der af uransagelige årsager ikke kunne udstå børn, og besad nogen kannibalske tendenser og åd af de børn han fangede.

Der var daglige demonstrationer et eller andet sted, men i tråd med vejret var dårligt var de som regel hurtigt overstået.

Alice og hendes gruppe havde ikke noget at gå videre med. Sagsmappen var utroligt tynd og der var næsten ingen bilag.

Anker var hele tiden rundt og tale med alle sine kilder, men de vidste mindre end ingenting. Der var ingen af der havde set det mindste spor af nogen psykopat med hang til børn.

Resten af denne taskforces fælleskontor var besat af stille betjente. De sad alle sammen med foldede hænder, og anede ikke hvor de skulle lede.

Alice så opgivende rundt på dem. Hun trak vejret tungt.

- Vil I ikke godt tage ud at se alle de kældre igennem? Vi kan simpelthen ikke bare sidde her og lave ingenting. Jeg får et helvede med Frede hvis vi ikke snart kommer op med et eller andet. Jeg er næsten ligeglad med hvor I tager hen, bare indenfor byens grænser. En af Jer kan tage hen hvor der har været angreb. Er der bare det mindste, så ring omgående. Jeg forventer ikke det store, for teknisk afdeling har været der.

- Hvad med de rapporter fra retsmedicinsk? Biddene ser ikke ud til at være fra et menneske. Dem er der ikke en kæft, der har nævnt noget om. Hvad med dem?

Theis havde fat i noget, og han havde ret. Alle var så optaget af at fange en morder, og gerne en mand, at ingen i hele verden havde skænket det en tanke, at det kunne være et dyr. Men hvilket? For der var ikke fundet noget fodspor. Der var flere ting, der slet ikke gav mening. Det kunne for fanden vel ikke være en fugl. Hvilken fugl var så stor, at den fløj rundt i kældre og slog børn ihjel? De var tvunget til at kigge efter andre muligheder.

Et andet sted, indenfor Storkøbenhavns grænser, havde en uansvarlig 12 årig søster udenfor pædagogisk rækkevidde og hendes to små brødre på 8 og 6 listet ud af hjemmet, uden at deres forældre var indforståede. De sad inde hos naboen og var sikre på at ungerne sov. De havde i hvert fald ikke fået lov til at tage nogle steder. Storesøsteren, Molly havde det store altoverskyggende ansvar, og de stolede på hende.

Det var vejrmæssigt en af de aftener, hvor det hele stod ud i et. Det høvlede ned fra oven, med skomagerdrenge, der landede tungt i pytterne, og gjorde de blanke tage næsten spejlblanke. Samtidig lyste himlen op cirka hvert tredje minut efterfulgt af et himmeldrøn, der ikke kom ret mange kilometer ind fra vandet af hvis man talte efter.

På et af Vesterbros mindre hoteller, sad William i vinduet med en smøg i mundvigen. Hovedet var tungt efter endnu en halv flaske med en af hans venner. En fyr ved navn, Johnny Walker. Halsen var tør og hans hage så ud som om den var gennemhullet med hundredvis af små tegnestifter. Øjnene var små og han trængte til søvn, mens han tegnede en figur inde i hovedet af en morder, der enten ikke kunne lide børn, eller var voldsomt glade for dem, eller smagen af dem.

Mørket havde allerede lagt sig ind over byen. Alligevel var der en ekstra stor skygge, der nærstuderede alle de små størrelser. Der var ikke mange der var alene. Kun nogen enkelte. Den så Molly og hendes to små brødre springe over alle vandpytterne på Amagerbrogade.

Søsteren havde lokket brødrene med i Amager Centret, og ned for at besøge den store nye slikbutik. Brødrene fulgte med, for Molly havde lokket med at de kunne få slik af hende. De nærmede sig metroen og løb ned ad trapperne. Brødrene fulgte med, fordi det havde de fået besked på. De turde ikke andet. Molly kunne være en håndfast storesøster hvis det tog hende. Da gik lyset ud på hele Amagerbrogade. Der blev sort både på gaden og fra neden. Da strømmen kom igen små ti minutter efter, var der ingen der kunne huske de tre små. for

Børnene vidste kun at de ikke længere var der, hvor de forventede at være. Skyggen af en stor mørk mand så ned på dem.

- Jeg vil altså gerne hjem nu, for det bestemmer Molly.

Den ældste af de to yngste nøjedes med at hviske det. Skyggen forstod dem på magisk vis.

- Yo soy el que decide, sagde skyggen højt.

"Det er mig, der bestemmer."

På hotellet lagde William sig på sengen. Hovedet var ikke så tungt mere, så det var til at holde ud at ligge ned, uden at det føltes som et godstog, der lige rundede Hovedbanegården inde i hovedet på ham.

Han forventede et par stille døgn. De havde ikke brug for hans hjælp. Eller de spurgte i hvert fald ikke. Det ville være umuligt for ham, men måske skulle han overlade jobbet til denne taskforce, selv om han ikke havde meget tiltro til dem. De anede ikke hvem, eller hvad de jagtede. Det ville måske være en fordel at vide det til at starte med. Men William ville ikke selv tilbyde sin hjælp. De kunne komme og spørge, og så ville han tænke over det.

Samme aften var det en fortvivlet mor der skreg på hjælp. Hun var gået tidligere, og ville lige kigge ind til ungerne.

Der var ikke nogen, og hun anede uråd med det samme. Alle historierne med de døde børn var i enhver mors bevidsthed.

Hun så det allerede for sig. Alle tre med små kolde døde øjne.

Fordi de stolede blindt på Molly.

Det var et levende mareridt, og hun levede i det lige nu.

Der gik næsten 48 timer, før den tredje og sidste sjæl græd og fik vinger. Den fulgte efter de to første, der allerede 24 timer før havde fløjet fra børnene.

Skyggen tyggede videre i det sidste barnelig, og den gav sig god tid. Den grinede hult fordi den var den herskende race i dette fremmede land, i denne fremmede tid.

Ensomme enlige børn var en mangelvare, der ikke hængte på alle hylder. Den kunne ikke længere vælge og vrage og plukke dem den ville. Den måtte tage flere af gangen, efter den havde fundet nye kræfter, hvor den kunne styre strømmen for en kort stund i byen.

Skyggen savlede smilende, for den vidste at de voksne ville kigge efter den alle vegne. Men de vidste intet endnu.

Der kunne være ufattelig mange skygger.

William

William Eriksen, kriminalassistent, 52 år, separeret fra Charlotte, far til Bianca. Tidligere jægersoldat. Troede på det overnaturlige, så længe det ikke var modbevist. Boede alene på hotel på Vesterbro. 180 centimeter høj. Velbygget. Mørkt hår med grå tindinger. Troede ikke på den blå regering, men gik sjældent rundt og snakkede højt om politik. Havde eget kontor oppe under taget inde på Politigården. Gik ikke ud af døren uden sin ualmindeligt meget slidte brune læderjakke og en smøg i mundvigen. En slidt skjorte og et skævt bundet slips. Han var som oftest langskægget. Var generelt ikke vild med autoriteter. Var efterhånden lettere alkoholiseret. Hans stemme lød altid rusten. Den lød som et kloakrør ville lyde, efter en virkelig dårlig dag med alt for mange indlæg. Han hostede ofte og vidste godt at smøgerne en dag ville sætte sine spor, men han var sjældent bekymret. Han bandede alt for meget, men det ragede ham langsomt.

Det kunne lige så godt være Williams visitkort, men det var bare facts. Hverken mere eller mindre. Der var flere ting. William kunne fortælle lange historier om. For eksempel sine ture med jægerkorpset, men som så ofte før var han underlagt tavshedspligt. Der var også historier han ikke var stolte af. Han havde set den grimme side af militaristiske handlinger.

Han havde en god opklaringsprocent som kriminalassistent, men han fungerede bare bedst alene. Det virkede ikke med at skulle stole på en makker. Han gik anderledes til værks end de andre. Han var så langt fra en af

Fredes fortrukne. Så chefen havde fået ham rykket op på sit eget kontor. Langt fra de andre i drabsafdelingen.

Der kunne han ikke så ofte lave ulykker, var Frede sikker på.

William kom ind på drabskontoret. Den første han fik øje på var Pernille. Fredes sekretær. En forholdsvis stor afbleget dame, der vel havde rundet de hundrede kilo for små atten kilo siden. Men hvis man så de betragtelige flødeskumskager hun kunne konsumere til eftermiddagskaffen, var det måske ikke så underligt.

Pernille var såmænd en pæn dame, hvis hun bare ellers kunne styre de næsten daglige kager, ville det helt sikkert kunne gøre noget for hendes buttede kønne ansigt.

Hendes øjne var dybe og brune, og havde et særdeles godt blik efter William, som flere af gårdens modne damer havde.

De fleste kunne nu godt spare sig. Der var ikke noget han havde så fortrudt så meget, som dengang han tog sin taske og gik fra Charlotte. Den aftenen knækkede filmen, og Johnny Walker trådte ind i hans liv i stedet for. Den var den han skyllede mund med hver aften, inden han slukkede lyset. Hvis han ellers ikke sad oppe hele natten, og så hende smile lige udenfor vinduet, mens hun hviskede, "kom nu hjem."

William vidste at det kun var ønsketænkning. Charlotte havde slettet og blokeret ham alle steder, og han bebrejdede hende ikke, selv om han kunne ønske og drømme noget andet. Det var uendeligt svært at komme videre.

Pernilles sprøde ryst fik William ud af hans dagdrømme.

- Du må ikke ryge her, William, sagde hun med et smil. Med tungen fik han rettet cigaretten over mod hende, så hun kunne se at der ikke var glød i den.

- Han sidder derinde, sagde hun og nikkede mod døren. William sagde ikke noget. Han bankede heller ikke på Fredes dør. Han gik lige ind, og Pernille morede sig.

Frede så op fra papirerne, og sukkede dybt. Så havde hans chef alligevel ringede efter ham. Det var ikke Fredes idé. Det håbede han at William var klar over.

Der var et utroligt langt øjeblik hvor ingen af dem sagde noget. Frede så på Williams cigaret, som William satte mellem tænderne og tyggede hårdt sammen. Så lod Frede sit blik glide over på et skilt på væggen hvor det tydeligt stod at rygning var forbudt. William lagde mærke til det og tog cigaretten i hånden og trykkede sammen, inden han lagde den i jorden på Fredes alpeviol, som hans kone tydeligvis havde givet ham med på arbejdet.

Frede sukkede endnu dybere. Han rystede på hovedet.

- Det var ikke min idé at ringe efter dig.

- Der høster du sgu allerede et point der, svare William.

Frede lynede mød øjnene.

- Du ved godt du ikke er en af mine favoritter, ikke William?

- Der høster jeg fandeme så lige et point.

Frede kunne kvæle ham, hvis den slags var lovligt.

- Her er en mappe med hvad vi har foreløbigt.

William så på den tynde mappe. Han var alvorlig.

- Er det alt hvad I fucking har, spurgte han.

- Hvis du kan finde noget mere, ville det være rart. Så du behøver ikke at bruge så meget tid her. Vi andre er på gaden hele tiden, hvis vi ellers ikke sidder på vores pind og venter på det store lys skal komme ind af døren og hjælpe os. Stakkels os dumme nybegyndere.

- Du bliver sgu da også ved med at høste point, Frede.

Mere sagde William ikke. Han vendte sig og forlod kontoret uden at lukke døren efter sig, som han havde for vane.

Frede var så tæt på at låse sit våbenskab op, og bare fyre kugler efter William. Han hadede ham, og han vidste det var gengældt. Han nøjedes med at kaste en blyant ind i væggen.

Ude i forkontoret blinkede Pernille efter William mens hun slikkede på sin kuglepen og bed forsigtigt i den. Havde Frede set det, havde han sikkert fyret hende på stedet.

William havde ikke det fjerneste imod Pernille. Han stoppede inden han forlod det store forkontor. Han vendte sig og blinkede tilbage, inden han satte en ny cigaret i mundvigen, og tændte den. Han tog et dybt drag og pustede røgen ud og gik ud af døren, samtidig med at Frede kom ud fra sig eget kontor. Han så røgen og at William var gået, og så bandede han højlydt og gik ind til sig selv, som et surt lille barn.

Kunne han for fanden ikke finde en god grund til at fyre William?

Bare en lille størrelse

Veronica var ordets bogstaveligste forstand, en forkælet lille størrelse. Hun var ikke mere end 10 år, og alligevel havde hun allerede mere end de fleste børn kunne drømme om. Ikke alene havde hun sit eget værelse. Hun havde tre værelser. Fyldt fra gulv til loft, med alt hvad pigebarnet måtte ønske sig. Det var ikke kun de sidste nye dukker på markedet. Det var alt det tilbehør, der kunne følge med dukkerne. Pige havde på et tidspunkt givet udtryk for, at hun ønskede sig et dukkehus. Nu havde det største dukkehus i mands minde. Det fyldte det meste af den ene væg på det ene værelse. Det var så ikke så interessant mere, så det stod hen og kunne samle støv, som virkelig meget af hendes andet legetøj. Det rørte hende ikke det mindste. Hun følte sjældent noget for sit legetøj ret længe af gangen.

Det fyldte godt i den ti værelses lejlighed på Østerbrogade i København, ikke langt fra Idrætsparken. Det var også i den store lejlighed at pigen i sin tid havde lært at cykle. Så var hun fri for at komme ud og blive griset på det fine tøj.

Pigen var selvfølgelig allerede udstyret med computer, Ipad og den sidste nye telefon. Mindre kunne ikke gøre det. Veronica var en lille størrelse med blå øjne og langt lyst hår. Hun havde en smule ekstra på sidebenene, men hvis nogen sagde det til hende, kunne de på det nærmeste risikere en dom for det ene eller andet. Hun havde været et ønskebarn i flere år. Hendes forældre var et succesrigt advokatpar oppe i årene. De var ovre den fødedygtige alder, men med en masse besøg hos en speciallæge, var det lykkedes til sidst.

Manden havde ganske vist en halvvoksen søn, men han talte ligesom ikke rigtig med i den ligning. Det var Veronica, og kun Veronica. Sønnen havde været resultatet af et uheldigt besøg hos en af sekretærerne for år tilbage. Konen tillagde ikke den søn et eneste øjebliks opmærksomhed. Manden turde ikke tale om ham, selv om savnet borede ham i hjertet.

Denne eftermiddags hændelser, hang sammen med vejret.

Det var stadig efterår, og det blev hurtigt mørkt udenfor. Skyerne havde omsluttet København og holdt fast i et jerngreb. De ville bare ikke slippe byen. Det fugtige vejr var vedvarende, til irritation for de fleste, og især de stakler, der var tvunget til at tage bussen hjem. Den var næsten sikker hver gang. Så endte det med at der var en gevaldig vandpyt der hvor folk skulle stå af. Så de skulle springe for ikke at blive gennemblødt fra fodsålerne og op til knæene.

Veronica stod med sit sædvanlige overlegne blik og så ned på dem, der havde bevæget sig ud i det fugtige vejr.

- Hvor er det mærkeligt at nogen gider gå ud i regnvejr. Man bliver bare våd over det hele.

- Det er der jo nogen, der er nødt til, sagde hendes far.

En smule irriteret over datterens konstatering.

- Fattige mennesker er kedelige. De kunne bare blive hjemme. Og så kunne børnene lege med deres træklodser.

Hendes far så hen over sine læsebriller og avisen, og rystede på hovedet. Han havde allerede bemærket at konen ikke hørte hvad han sagde. Ellers havde han holdt sin mening for sig selv. Det skulle jo nødig hedde sig at han havde en selvstændig mening, der absolut skulle ytres foran pigen.

Konen sad på parrets store fælleskontor og arbejdede med en skatteretssag for en tidligere minister.

-Jeg vil have noget slik, sagde datteren kort.

Når hun sagde det på den måde, virkede det sjældent som et spørgsmål. Faren stønnede. Han vidste hvad det betød.

Han sukkede mens han rejste sig og lagde avisen fra sig. Han kastede et søvnigt blik efter Veronica. Han magtede det næsten ikke. Han havde siddet det meste af dagen over en voldssag med en af landets tidligere så talentfulde angribere fra fodboldlandsholdet. Knægten havde ført sig frem på en natklub, og havde haft travlt med at fortælle de unge piger hvem han var. Det havde ikke givet det ønskede resultat, og så var det nemmeste at hæve stemningen ved at kaste med glas og dele knytnæver ud. Sagen blev fuldt tæt af pressen.

Veronicas far var tvunget til at forsvare ham, fordi det fik han besked på hjemmefra og det ville se bedst ud, hvis han kunne have en smule ondt af knægten, selv om det var det sidste han havde.

Den trætte far med de søvnige øjne lagde en tung hånd på datterens skulder. Han gad simpelthen ikke den tur, men han var godt klar over hvad klokken havde slået, hvis hun gik ind og plagede sin mor.

- Hvis du absolut skal have det, så går du selv med derned.

Det endte selvfølgelig med at pigen rendte ind til sin mor og klagede sin nød. Moderen rejste sig og kom ud og så manden i øjnene. Manden måtte lede og søge i sit inderste, efter alt det mod han kunne finde frem. Han trak vejret tungt.

- Hvis tøsen absolut skal have det slik, så forlanger jeg hun går med. Jeg gider ikke rende derned. Det er kun hende der altid plager, og hun får altid sin vilje lige så snart hun render ind til dig. Jeg magter det ikke mere. Nu skal hun med, færdig.

Gudskelov for den trængte mand, kunne konen godt se fornuften i hans ord, og ikke længe efter var en særdeles utilfreds Veronica på vej af trapperne med sin far.

Hun sagde ikke noget, mens hendes ansigtstræk sagde det meste. Det passede sandelig ikke pigebarnet.

Midt i regnen, i en skygge af en skygge stod den og ventede. Den var sulten og arrig. Ikke sulten som tidligere, men mere ville have mere. Den havde fået smag for det. Vejret og tidspunktet var skyld i mange skygger, og det passede den fint. Den spredte sine arme, uden at nogen kunne se det. Den åbnede sin mund, uden at nogen kunne lugte det, men den var der. Særdeles farlig for sine omgivelser, og små størrelser med lidt på sidebenene.

Den slikkede sine tænder og så dem nærme sig. Den vidste det allerede. Det skal være hende der.

Faren havde det på en eller anden måde godt med at Veronica var med. Så kunne tøsen lære at ind imellem måtte man yde for at nyde. Han tog sig selv i at smile.

De standsede foran slikbutikken. Men kun for at Veronica kunne trampe ind i butikken først, med sit sure lille utilfredse ansigt.

Til den lille tætte piges irritation, var der fyldt i butikken, med en flok nydanskere af anden etnisk herkomst. De opførte sig ordentligt og skabte hverken postyr eller ballade. Veronica var bedre vant. Hun skar tænder under hætten på regnjakken. Hun var kun 10 år, men hun havde dog grænser.

- Jeg venter udenfor, far. Jeg kan ikke have det her. Jeg vil have en blandet pose for to hundrede kroner, som jeg plejer.

- Så bliver du stående lige udenfor i lyset. Hører du? Veronica svarede ikke. Hun var allerede på vej ud. Det var sidste gang han så sin datter, i live.

Da den slap Veronica i sit skjul, havde hun råbt så længe at hun var forpustet. Hun hev kraftigt efter vejret. Hendes lille brystkasse var på overarbejde og havde travlt med at følge med. Samtidig var pigen dybt rystet. De sidste ti minutter havde hun befundet sig i dybt mørke, hvor det bare føltes som om hun svævede gennem luften, eller fløj. Et sted hvor hun absolut ingenting kunne se. Som en nattehimmel uden stjerner og måne. Hun kunne ikke fornemme tid og sted. Men hun kunne fornemme at det føltes som om hun havde løbet virkeligt langt. Det var imod alle normer for den forkælet lille pige, der aldrig var vant til at skulle løbe efter noget som helst. Men hun havde skreget i vilden sky, selv om ingen kunne høre hende. Når den omsluttede hende, var der ikke noget at gøre. Så var hun væk for omverden.

Veronica glippede med øjnene for bedre at få udsyn over hvor hun var. Der lugtede fælt af mug og møg. Det var en ny fornemmelse. Det skar i næsen og hun lagde en hånd for næse og mund. Det var også lige før hun fik en opkastfornemmelse.

Den sørgede på magisk vis for at der blev lys, og Veronica fik syn for sagen. Det skrig måtte kunne høres på mindst hundrede meters afstand. Det irriterede skyggevæsnet, og den greb fat i hende. Den greb hende hårdt om halsen og bevægede sig et andet sted hen, hvor den havde været før. Her havde den dræbt tidligere, og der kom ikke mange mennesker mere. Der var spærret af med rødt og hvidt plastikbånd flere steder. Men det stoppede den sultne skygge. Den viste sit sande ansigt for Veronica. Hun ville skrige, men det nåede hun ikke. Det var smertefuldt og gik desværre ikke så hurtigt, men minutter efter var hun død.

Den gik i gang med at fortære sit bytte, og ingen bevægede sig ned i den cykelkælder mere, efter mørkets frembrud.

Sjælen fik vinger, og græd mens den fløj bort.

På Østerbro løb den fortvivlede far op og ned ad gaden. Han råbte hendes navn hele tiden, men der kom ikke noget svar.

Ikke længe efter ringede han til politiet, og Fredes taskforce blev varskoet. Alice var den første på stedet. Hun fandt faren og fik ham med op i lejligheden. Han lå han på knæ foran konen og græd, mens han fortalte at Veronica var væk.

Theis, Peter og Simon vandrede op og ned ad Østerbrogade med et billede i hånden af Veronica. De spurgte alle uden undtagelse om nogen havde set hende.

De svar de fik, var ikke noget de kunne gå videre med. En enkelt teenager synes han skulle være morsom. - Ja hende var jeg kæreste med i forgårs, og så grinede han. Simon fik ham på andre tanker med et håndtryk der sagde mere end et klik i håndleddet. Så var det ikke sjovt mere.

William var rundt i næsten alle kældre, og hvor der ellers kunne være skjulesteder i lutter skygger.

- Hvor fanden er du, og hvad fanden er du, hviskede han.

William lod sig ikke skræmme af fremmede lyde de mørke steder, Men havde han vidst hvad der var ved at ske, i en kælder ikke så mange kilometer derfra, havde han vidst, at det ikke var noget helt almindeligt uhyre de skulle lede efter.

Han satte sig på hug og kiggede rundt på gulvet.

- Her stod du så og var ved at æde en skide lille uskyldig dreng. Hvem fanden i helvede gør den slags, eller hvad gør den slags? Hvem, eller hvad efterlader ikke spor, og hvem eller hvad har et fucking bid som et dyr?

William rejste sig og trak vejret tungt. Han lukkede øjnene.

- Jeg tror ikke Du er det som alle går og forventer. Jeg tror slet ikke Du er herfra. Spørgsmålet er bare, hvordan fanden finder jeg så frem til Dig, og hvordan vinder jeg?

Han holdt sine øjne lukkede mens han tog lidt skridt i flere retninger. Han gik i cirkel og tænkte højt.

- Du er sulten, men det SKAL være børn. Du er hverken en vildfaren ulv eller en rå ørn, der flyver rundt og skider i kældrene. Du kan få tre børn til at forsvinde ved at tage strømmen i få minutter. Du venter på dem de mørke steder. Du er ét stort mørkt mysterium, som vi ikke har været oppe imod før. Du er måske en skygge af noget vi fucking kender. William satte hænderne i siden og åbnede øjnene. Så nikkede han med hovedet.

- Ok, så vi skal finde Dit skjulested din lort, hvor Du kan gøre det Du gør, i fred. For så usynlig kan Du sgu heller ikke være. Du MÅ efterlade dig nogle spor. Vi har fundet døde børn før. Så jeg er ret sikker på, at når vi finder resterne af de tre små børn du tog, så har vi et af dine skjulesteder. Så er min opgave bare at stoppe dig og skide dig i halsen. Jeg tror jeg skal have hjælp udefra, for du er helt sikkert ikke et menneske.

Havde William kunne høre det, ville han kunne høre smaskelyde. Det satans væsen, der ikke ville lade børnene være i fred. Den ville blive, indtil videre.

Den fløj fra kælderen til et andet skjulested, hvor den før havde nydt børn.

Imens var den ved at æde bare en lille størrelse.

Fire små lig

William vågende ved en telefon der kimede hysterisk. Hans hoved bankede som en smed, der havde fået sin allerstørste bestilling, der skulle bankes på plads på værkstedet. Han vendte sig i sengen, og bandede det hele af helvede til.

På et lille bord ved siden af sengen, stod der en tømt Johnny Walker, der endnu en gang havde gjort sit for at fjerne hans dæmoner om et savn til Charlotte og Bianca, og hans fortid som elitesoldat, og hvad han måtte have oplevet dengang.

Telefonen kimede videre, og William var tæt på at rejse sig og smide den hårdt ind i væggen. Han knyttede næverne.

- **HOLD NU KÆFT**, råbte han.

Han stønnede mens han fik rejst sig og fandt den satans mobil. Han stønnede endnu højere da han så hvem der ringede. Frede. Og så lige fra morgenstunden.

- Ja, var det eneste William magtede at sige.

- Så rykker vi alle sammen ud. Der er fundet børnelig i et nyttehavehus på Kløvermarken.

- Jeg er på vej.

William havde et sammenbidt ansigt og greb den tomme flaske og kylede den ind i væggen. Fucking lorteven. Flasken splintrede til alle sider og efterlod en våd plet. En plet, der kunne minde om et væsen der stod i skyggen og ventede på flere børn for at stille sin unaturlige store sult.

En gæst på naboværelset bankede på væggen, og råbte noget, der kunne lyde som om at gæsten kom fra det tidligere Jugoslavien.

William kom ud af døren med to forskellige strømper på, en virkelig krøllede skjorte og et slips, der var bundet i noget der lignede en dobbeltknude, og et rigtigt dårligt humør.

Han var tvunget til at tage en taxi derud. Han pegede hvor chaufføren kunne smide ham af.

Der var spækket med blinkende politibiler og ambulancer, og en temmelig stor forsamling nysgerrige bekymrede morgenmennesker.

William viste sit skilt for at komme igennem det afspærrede område. Den første han så var Alice. Hun stod udenfor det lille hus og havde svært ved at holde ansigtet i ro. Hendes læber skælvede og klumpen trængte sig på. Hun fik øje på William og nøjedes med at ryste på hovedet. Det sagde det hele. Synet inde i huset var mere end hun kunne tage. Alice havde ellers set en del tidligere.

William lagde en hånd på hendes skulder. Han sagde ikke noget. Det var ikke nødvendigt. Den hånd på skulderen var rigelig. Hun kunne ikke holde tårerne tilbage.

- Undskyld, sagde hun stille.

Han gik forbi hende og ind i det lille hus. En ambulancefører var på vej ud. Med et blegt udtryk i ansigtet, og lignede en der skulle aflevere sin morgenmad udenfor.

Det første, der mødte William var en ulidelig stank af råddenskab. Det skar i næsen på ham. Der var ikke meget plads i det lille nyttehavehus. Det lignede et slagterkøkken, hvor slagteren var gået hjem, uden at have ryddet op efter sig. Der var blod op og ned ad væggene. Rundt omkring på gulvet, på bordet og på ophængte hylder lå der stumper og stykker af kød. Indvoldene var spredt til alle sider. De havde åbenbart ikke været interessante for dræberen.

I et lille hjørne af huset lå der afpillede knogler, fra fire små størrelser. Ved siden af deres hoveder, med mere eller mindre forvredne ansigtsudtryk, der så ud til at have skreget i smerte natten lang.

William satte sig ned på hug og studerede knoglerne. Han havde set det meste før, i østen efter ørkenkrigen. Små børn der var sprunget i stykker, fordi dem der sad højere oppe mente, at det var på sin plads med en krig, hvor det også var tilladt at gå efter civile bløde mål, såsom kvinder og børn, der aldrig havde været i nærheden af en soldat, der havde en mening.

Han bandede det hele langt væk, og var ikke sen til at mindes hans egne handlinger i krigen, hvor han ikke ville skrive under på, at han kun havde ramt soldater. Sådan var virkeligheden dengang. Det var nogen af hans dæmoner.

Den forbandede flaske bankede stadig i hovedet på ham. Han ville give hvad som helst for en kop stærk sort kaffe.

Han kunne høre skridt bag sig, og fik øje på Kenny. Han kunne næsten ikke tage synet. Han rystede på hovedet.

- Hvem fanden gør den slags, hviskede han til William.

- Jeg tror ikke det handler om hvem. Jeg tror spørgsmålet er, hvad. Jeg nægter at tro at det er et menneske der har været her. Med alle de børn, der er forsvundet og dræbt, der kan det ikke være en mand eller dame. Det må være noget nyt.

Kenny satte sig ned på hug ved siden af ham, og så ham i øjnene. Han var ikke sikker på han forstod det.

- Hvad mener du? En hvad?

William så ham direkte i øjnene. Der gik et langt øjeblik inden han sagde noget. Han rystede på hovedet.

- Jeg ved sgu ikke hvad det er. Men et eller andet, der kan bevæge sig frit rundt i skyggerne. Tage strømmen et øjeblik, og bortføre tre børn på en metrostation og slæbe dem med herud, og så dræbe dem, og æde dem. Hvor mange mennesker tror du der fucking kan det? Og så gøre det uden at blive set? Frede vil sikkert himle når han høre det, men jeg tror ikke det er noget vi har set før, Kenny.

Kenny sagde ikke noget. Han kunne godt se at der var noget om at det William sagde. Men hvad gjorde de så? Hvordan kunne de stoppe noget, de ikke vidste hvad var?

- Hvad gør vi herfra William?

Der var stille i et langt øjeblik. Så stille at de kunne høre Fredes stemme udenfor.

- Du skal nok ikke sige noget til chefen om hvad jeg mener. Ham og mig er ikke bedste venner. Han er jo en idiot.

- Det tror jeg hele politigården ved.

- Men jeg er spændt på hvad retsmedicineren siger til alt det her. Er det bid fra et dyr igen, så er der lidt at snakke med chefen om. For det er IKKE et menneske, der har dræbt de børn. Det er sgu helt sikkert.

Frede dukkede op i baggrunden og holdt sig for næse og mund. Han sagde ikke så meget.

Kenny og William rejste sig. Kenny begyndte en stille forklaring om en psykopat der måtte have gået amok.

William tog en gummihandske op af lommen. Han trak den ud over hånden og løftede en afbidt lille hånd. Han viste den til Frede.

- Jeg ved ikke hvem det er, men han har sgu da fået stillet sin sult. Tror du ikke?

Frede vendte rundt på stedet og skyndte sig ud.

Han nåede næsten helt ud af nyttehavehuset, inden hans sædvanlige to smurte rundstykker og hans chokoladecroisant så dagens lys en gang til.

William kunne trække en lille bitte smule på smilebåndet af hans egen lidt morbide humor. Kenny sagde ikke noget.

I skyggen af en skygge, i et andet nyttehavehus ikke så langt derfra, stod den og så det ske. Den følte sig ikke truet, endnu. De kunne ikke se den. For den var bare en skygge i en skygge, og så længe der var skygger var den ikke truet.

På det område havde mennesket ikke ændret sig i alle de mange hundrede år hvor den havde været skjult, og kun havde eksisteret som en skræmmefigur i Sydamerika.

Den var mennesket overlegent på mange områder.

Den så et af menneskerne komme ud af det blodige hus. Det så sig omkring, og i et par sekunder var det som om at de havde øjenkontakt. Mennesket så direkte i øjnene på skyggen. Det snerrede en grum mørk lyd dybt nede fra en bred hals. Det viste tænder, men der var for langt mellem dem. Mennesket kunne ikke se det. Men der var nu alligevel et eller andet over det menneske, som skyggen ikke kunne lide. Kunne det bare nå ham, så kunne den alligevel gøre lidt skade. Den ville kunne stoppe ham, men hvis det som den fornemmede kunne passe, så skulle mennesket stoppes. Lige præcis det menneske, eller nogen det elsker.

Det stoppede ikke der, med de fire små størrelser. Skyggen ville ikke stoppe, så længe der var børn nok.

Den dag fandt de bare fire små lig.

Den mørke mand

Aftenen havde lagt sig ind over hovedstaden, og endnu en gang var byen fyldt med demonstranter, der både råbte højt, brændte biler af, sloges med politiet, kastede sten efter brandbilerne når de kom for at slukke en brændende ungdomsklub og smadrede et utal af butiksvinduer på Strøget. Politiet var overarbejde. Brandvæsnet blev holdt i skak mens Frede og hans taskforce sad fortvivlet i det store mødelokale. Der var ikke nogen af dem der sagde så meget. Kenny var langt væk i sine tanker om det som William havde sagt. Alice var stadig dårlig ved det syn der havde mødt dem. Anker havde talt med alle sine kilder, der ingenting vidste, selv om han pressede dem. Peter sad ved computeren og anede dårlig hvor og hvad han skulle søge på. Simon var lidt i sin egen verden, og drømte om sin klassekammerat, Frederik mens Theis brugte tiden på at nærstudere alle sagernes rapporter, for at se om der var noget de havde overset.

- Der er fandeme noget galt, Frede. Det kan jo ikke være et menneske der bider på den måde. Det har retsmedicineren jo også sagt, udbrød Theis.

Kenny blev forskrækket og så over på Theis. Han var ved at åbne munden og fortælle om Williams udsagn.

- Vær nu sød at holde mund med det der. Hvad pokker er det så. Han stikker og skærer i dem først. Det er vel derfor det ser sådan ud. Jeg gider ikke høre den slags. Det er sådan noget William kunne finde på at sige, snerrede Frede.

- Jamen, der er ikke fundet en skid dna på ofrene, der bare minder om et menneskes dna. Hvad er det så?

Theis blev ved, og Frede var ved at blive godt tosset.

- Ja hvad ved jeg? Den pokkers morder bruger vel et hundehoved, samtidig med han sidder og gokker den af til et billede af sin mor. Jeg ved det ikke. Jeg ved ikke alt. Men hvis du bliver ved med dine gætterier, så kan du lige så godt tage elevatoren op til William. Han vil sikkert tage imod dine tåbelige gætterier med kyshånd. Så laver vi andre noget politiarbejde imens. **ER DET OK MED DIG?**

Theis tog mappen og forlod det store fælleskontor. Kenny rejste sig og gik med. I baggrunden talte Frede stadig højt.

- Skal vi andre så komme i gang? Hvor slår han til næste gang? Må jeg høre jeres bud?

Skyggen havde bevæget ind på områder hvor den havde været før. Det var ufatteligt nemt. Der var skygger over det hele om aftenen. Den kunne gå mellem menneskerne, uden at de vidste hvem og hvad der gik der. Den smilede snerrende og vidste hvad den forlangte.

Gaderne var spækkede med gale mennesker der råbte og skreg på retfærdighed. Skyggen vidste godt hvad det gik ud på. Men den fulgte bare sin natur, og gjorde hvad den gjorde bedst. Ind imellem måtte den træde til side, når en flok vrede unge mennesker kom spændende med molotovcocktails og startede endnu en ild i menneskenes større og mindre metalgenstande, der stod alle vegne. Skyggen var ikke selv afhængig af noget transportmiddel. Den kunne teleportere sig selv hvor hen den ville ved tankens kraft.

Nu var det tid til snart at finde et barn igen. Sulten gnavede.

Den begav sig ned hvor der før havde været gevinst, en aften hvor krigen hærgede i gaderne og flammerne var større end menneskehøje. Skyggen oplevede for første gang i mange, mange år noget den ikke brød sig om. Flammerne. Den brændende ild. Det fremkaldte meget gamle minder om en tid, hvor det var det nogen mennesker brugte for at jage skyggen bort. Dengang de vidste hvad den var, og hvem den var. Det var dengang, det her var nu.

Tonny var vicevært på tyvende år. Der var kun et halvt år til pensionen, og det kunne kun gå for stærkt. Han glædede sig til at kunne bruge tiden sammen med Ulla og trillingerne og børnebørnene. Det var noget han så frem til, med en glæde, der kun voksede på de træer der eksisterede i eventyr.

Han kunne ofte ikke lade være med at smile bare ved tanken.

Tonny kørte en hånd gennem sin sparsomme frisure mens han nærmede sig trappen ned mod kælderen. Han så godt efter en flok af de unge møgunger, der for gud ved hvilken gang smadrede et butiksvindue. De følte sig sikkert seje.

Han var glad for at Ulla havde taget bilen den aften, for at besøge sit fine bekendtskab blandt forfattere og malere til en udstilling, hvor der ofte også var besøg fra det bedre borgerskab. Ja det var hendes interesse. Tonny var glad for at han ikke var tvunget til at tage med.

Den aften var han dog tvunget til at gå gennem kældrene for at se hvor mange kælderruder de havde smadret. Sidst var der røget nogle stykker.

Han trak vejret tungt da han låste sig ind. Han forventede at der helt sikkert ville være røget et par stykker.

Fordi de kunne. Det var fint med en protest, men hvorfor smadre? Han kom ind i kældergangen og ville tænde lyset, men pæren var røget. Tonny stønnede. Det var lige hvad der manglede. Gudskelov havde han sin lommelygte med. Han tændte den og lod lyskeglen køre rundt blandt alle skyggerne. Der var ikke noget til at starte med. Der var stille. Meget stille. Men hvorfor havde han så fornemmelsen af ikke at være alene.

- Er der nogen hernede der ikke skal være her, spurgte han. Han trådte længere ind i mørket og fornemmelsen var der stadig. Han var ikke alene. Lyskeglen gled rundt en gang til.

Skyggen havde mest lyst til at snerre højt, men mennesket ville kunne høre det, og det passede den dårligt at han var der. Hvorfor var der ikke nogen børn? Ikke nogen små størrelser man kunne sætte tænderne i.

Den ville nemt kunne skade mennesket, men måske havde mennesket også våbnet til at kunne jage skyggen bort. Hadet blussede op og en hidsighed var ved at røbe dens skikkelse. Et raserianfald af den slags ville tænde en orangerød streg rundt om skyggen. Så ville dens eksistens i hvert fald blive opdaget. Den slog ud efter mennesket uden at ramme. Ophidset og glødende.

- Nej, der er fandeme nogen hernede. Kom så frem!

Da skete det, at lyskeglen ramte en skygge, der bevægede sig. En skygge med en orangerød glød rundt omkring sig.

Tonny stod stille. Han turde dårligt trække vejret. Det der var i hvert fald ikke normalt. Han listede tilbage, mens skyggen bevægede sig igen. Han så omridset en mand med en meget bred hals. Tonny var ved at gå i stå. En masse billeder af Ulla og alle ungerne kørte for øjnene af ham. Han faldt bagover og gled ned langs væggen mens han rystede på hænderne. Det kunne ikke passe det der.

Den skygge han så mistede sin glød, og forsvandt ind i mørket og blev et med alt det sorte.

En lille time efter ringede telefonen inde på gården. Den blev sendt direkte videre op til Pernilles telefon. William sad sammen med Theis og Kenny. Han greb røret hurtigt og lyttede forstående.

- Hej William. Jeg har et eller andet vidneudsagn, der hverken er hoved eller hale i. Vil du tale med hans kone?

Små ti minutter efter kørte de tre kriminalbetjente af sted.

William var en smule opstemt på turen, fordi det lød som noget vrøvl. Det var måske lige det han ventede på.

Ulla sad på hospitalet og holdt sin mand i hånden da de tre betjente trådte ind på stuen. Hun så bekymret på dem og forstod ingenting. William lænede sig ind over Tonny.

- Kan du fortælle mig hvad du så, Tonny?

Da de tre politimænd forlod hospitalet fattede Theis og Kenny stadig ingenting. De så spørgende på William.

- Hvad sagde han?

- At han så ham sgu.

- Hvem?
- Den mørke mand.

K. Michael Schrewelius

Emma Gabriella

William sad sammen med Theis og Kenny nede i bilen. Han skulle tænke det hele gennem inden han brød stilheden.

Kenny sad utålmodigt på bagsædet.

- Hvad siger du William? Hvad gør vi? Har du idé om hvad den mand talte om?

- Nej, det har jeg sgu ikke endnu. Men jeg er nødt til at fortælle jer, at jeg tror på det alternative, indtil det modsatte er bevist. Det har Frede sikkert fortalt jer. Og det vi er oppe imod her, har ikke nogen naturlig forklaring. Jeg er helt sikker på at det den mand har set nede i den kælder er ikke noget normalt. Jeg ved ikke hvad det er, men måske kender jeg en, der har en idé om hvad vi gør, eller kan gøre. Jeg vil sgu bare vide, er I med mig? Eller vil I hellere køre tilbage til lille Frede og lave politiarbejde, spurgte han hæst.

Theis nikkede med det samme.

- Jeg er med. Hundrede procent, sagde han.

Det tog lidt længere tid med Kenny. Han følte sig for gammel til nye eventyr. Han trak vejret tungt.

- Er du sikker på at vi får de rigtige svar der?

- Jeg ved det sgu ikke, Kenny. Men jeg er nødt til at prøve. Hun ved utroligt meget om ting, som hverken I eller mange andre nogensinde har hørt om. Der er fucking mere mellem himmel og jord end jeg bryder mig om at vide. Det er I også nødt til at tro på hvis I tager med mig hen til hende.

- Hvem er hun, spurgte Theis.

Kenny rystede på hovedet og var stadig usikker.

- Jeg håber ikke jeg spilder min tid her.

- Hør nu her Kenny, inden du dømmer kællingen på forhånd. Hun er en kvinde fra Sydamerika. Emma Gabriella hedder hun. Nogen af de ting hun har fortalt mig om, troede jeg ikke på, før hun beviste det for mig. Jeg tror I to ville blive skræmt hvis I vidste hvad der i virkeligheden har vandret her på jorden, og i nogle tilfælde stadig går rundt mellem os en gang imellem. Jeg føler mig sgu sikker på at hun kan give os en idé om hvem han er. Den mørke mand, der lyser i mørket.

Kenny lod sig falde tilbage i sædet. Theis nikkede.

- Ring til hende og sig vi er på vej, sagde han.

- Ok, men I skal være forberedte. Hende her er sgu en del anderledes end de fleste.

Emma Gabriella var en mørkglødet skønhed med et langt sort hår og de smukkeste dybe chokoladebrune øjne. Hun var ikke mere end 36 år, men havde allerede mere livserfaring end de fleste andre på hendes alder. Hun var ikke særlig høj, men slank og var da også en ung dame, der kunne få de fleste ungersvende til at vende sig om en ekstra gang.

Hun var iklædt en lang hvid kjole. Hun vandrede som sædvanlig rundt i bare tæer og dryssede en kur blandet med forskellige urter ud på gulvet. Det skulle holde de onde ånder væk, havde hun lært engang, af hendes mormor, der havde tjent til dagen og vejen som sandsigerske. Over hendes seng hang der en drømmefanger. Den havde hjulpet hende før.

Emmas ansigt var glat som en ål. Huden var som trukket skarpt ud over hendes hoved. Hendes læber var mørkerøde og tænderne var kridhvide.

Da hendes telefon ringede, vidste hun allerede hvad det handlede det om. Hendes fjernsyn havde stået tændt længe for at kunne følge med i situationen.

- Hej Emma, det er William.
- Jeg havde godt spurgt mig selv hvornår du ville ringe.
- Den er sgu helt gal. Kan du hjælpe mig?
- Vi giver det en chance. Skynd dig at komme forbi.

Efter en kort køretur, var de endt ved et villakvarter på Østerbro. Det var slet ikke hvad Theis og Kenny havde forestillet sig. Det var en villa, der lå mellem mange andre millionvillaer.

- Hun har kortvarigt været gift med en greve, og arvede en masse penge da han døde, sagde William.

Så var den forklaring ude af verden. De steg ud af bilen og gik mod huset på en grussti der knasede under fødderne.

Theis var nysgerrig og hviskede til William.

- Hvad døde greven af?
- Det skal du sgu ikke bekymre dig om. Han døde bare. Ok?

Theis ringede på dørklokken og gjorde enorme øjne da hun åbnede. Han var ikke bare betaget af hende, da de blev budt indenfor. Han blev lynhurtigt forelsket. Synet af Emma var mere end hans ensomme hjerte kunne tage.

Kenny brummede bare, gav hånd og satte sig i en gammel lænestol med et hæklet tæppe over ryggen med store røde blomster på.

William kom ind med et alvorligt ansigt. Han så Emma i øjnene og hun nikkede. Hun vidste allerede besked.

De to satte sig sammen ved et lille spisebord. Emma tændte tre store tykke stearinlys. William fortalte om det de havde oplevet. Om ofrene, alle børnene, og om viceværten og det han havde fortalt ham, om den mørke mand. Emma lyttede intenst og lukkede øjnene. Hun knyttede næverne som et ritual hun brugte når hun skulle finde frem til sandheden om det hun blev fortalt.

Kenny sad i baggrunden og så på hende. Han troede ikke en dyt på dette her hokus pokus, men han havde lovet tage med.

Emma sad og hviskede højt på et sprog, der mindede om spansk men det var svært at høre. Hun rystede på hovedet og åbnede øjnene. Hun så direkte i Williams øjne. Hendes øjne var fyldt med sorg, frygt og rædsel. De var blanke og skinnede i stearinlysenes skær. En enkelt tåre trillede ned af hendes kind. Emma greb Williams hånd.

- Han stopper ikke før i jager ham væk.

- Hvem er han, spurgte William stille.

- Han kan ikke dræbes. Han kan kun jages væk. Han har været her længere end menneskene. Han er en, dæmon.

William lænede sig ind over bordet, og Theis nærmede sig og ville lytte med. Kenny blev siddende.

- Hvem, insisterede William.

- Du skal være et hundrede procent sikker på at du vil jage ham ud af landet. Ellers taber du. Han har smag for børn, og han bliver ved så længe, der er nogen. William, tør du?

William holdt vejret i tredve sekunder. Så nikkede han.

- Jeg har ikke noget at miste. Så ja, jeg tør godt.

Emma rejste sig og gik hen til en reol fyldt med tykke gamle støvet bøger. Hun tog en fra øverste hylde. Den så ud til at være tung. Næsten tungere end hun kunne bære. Theis rejste sig med det samme og ville hjælpe. Emma smilede et smil, der fik sprøjtet lidt ekstra gele i knæene på den unge politimand. Han smilede genert tilbage.

Emma satte sig med bogen. Støvet dryssede ned på bordet da hun åbnede. Hun fandt en specifik side frem og viste William et tegnet billede.

Både William og Theis lænede sig ind over bordet. Kenny blev siddende i baggrunden.

Billedet forestillede en skygge der skulede. Han var bredere end en almindelig mand. Hans hals var tyk og hovedet var stort. Hans tænder var lange og spidse. Det så ud som han havde vinger som en flagermus, men tegningen var gammel og slidt gennem årene. Det var ikke første gang der var blevet slået op på denne side.

- Sådan ser han ud, ham i jagter. Men han kan ændre sig. Man kan ikke gribe ham i armene og putte ham i fængsel. Det tror jeg godt du ved, William.

William nikkede.

- Han er en dæmon. En levende dæmon, der lever af børn. Han er en gammel fortælling, der blev brugt til at skræmme børn, men han viste sig desværre også at eksistere i virkeligheden, og nu er han åbenbart her.

Hun nævnte et navn de ikke kendte. Det sagde dem ikke noget, men William var sikker på hun havde ret. De kunne have spurgt alle, men den dag fik de sandheden.

Af Emma Gabriella.

El Coco

De nåede ud til bilen og William begyndte at fortælle hvad Emma også havde sagt.

- Prøv lige at hør her. Historien er sgu sådan her. I både Spanien, Portugal og Latinamerika ville forældre undertiden påberåbe El Coco, som han hedder, som en måde at afskrække deres børn fra at opføre sig dårligt. Ja det lyder som noget bullshit, det ved jeg godt. De sang vuggeviser eller fortalte rim og advarede deres børn, at hvis de ikke adlød deres forældre, ville El Coco komme og få dem og derefter æde dem. Sådan lød Emmas fortælling om ham, eller det, vi er oppe imod. I Portugal blev El Coco også til tider omtalt som en kvinde, og som Den Sorte Madonna.

- Hvad er det for noget opblæst knald det der, William? En spøgelsesjagt? En dæmon. Nej ved du hvad, det er jeg sgu for gammel til. Så daffer jeg tilbage på gården. Hun sad der og hviskede, og så skal vi ellers ud at jage et eller andet, som ingen rigtig ved noget om, andet end troldkvinde du tilfældigvis kender. Hvem siger, at det hele ikke bare var konspirationsteorier? Den sorte Madonna, hold nu kæft.

Kenny var vred. Han kunne ikke holde ordene tilbage. Han stod med hænderne i siden.

- Boogie woogie pladder før børn, andet var det ikke. Hvad med noget politiarbejde her.

William gik helt hen til ham. Han så ham i øjnene.

- Du kan bare fucke tilbage til Frede, men jeg bliver her, og så jager jeg det som Emma var sikker på var, sagde han.

- Jeg kører med William, sagde Theis hurtigt.
- I finder ham aldrig nogensinde ved politiarbejde, Kenny. Det tror jeg sgu godt du ved, men du er usikker. Det kan jeg godt forstå. Men jeg skal sgu ikke holde dig tilbage hvis du vil tilbage til Frede, og sidde inde på gården og gætte jer frem, så værsgo. Theis og jeg, vi starter sgu et andet sted.

Kenny kunne høre at William var overbevisende, men han stolede stadig ikke på rygterne om denne El Coco.

- Spøgelsesjagt, eller en dæmon, hviskede han.

William tændte en cigaret, og tog et langt sug inden han spyttede den ud i en vandpyt igen. Han hostede lidt. Han trængte til en dobbelt Whisky on the rocks, men det var ikke rigtigt muligt med de to på slæb. Men længslen var der.

Kenny kørte en hånd rundt i ansigtet og rystede på hovedet. Så satte han sig ind i bilen uden at sige noget.

William satte sig ind og tog en seddel op af lommen. Han så længe på den inden han sagde noget.

- Inden vi kører, så er der altså noget jeg er nødt til at lære jer. Det her, det er sgu virkeligheden. Det er ikke nogen fucking psykopat vi skal lede efter. Vi skal rundt og kigge i alle de kældre han har været. Måske står han der stadig. Og det skal vi gøre i de lyse dagtimer, for om aftenen kan han sgu gemme sig alle steder. Der er der en million skygger, og han skal stå i skyggen inden han angriber. Men hvis vi ser en skygge, der bevæger sig anderledes, så er der sgu noget vi SKAL kunne, alle tre. En spansk sætning Jeg har den her på en seddel. Find jeres notesblokke frem, hvis I har sådan en, og så skriv det ned jeg har her på seddelen.

- Du får mig ikke til at synes at det her er normalt.

Kenny ytrede sig fra bagsædet.

William vendte sig om og så på ham. Han nikkede.

- Det er sgu helt forståeligt, Kenny. Men denne her jagt er heller ikke normal på nogen måde overhoved. Vi skal stoppe det væsen der dræber børn. Vi kan også være ligeglade og tage hjem og drikke os i hegnet og se en fucking film. Jeg tror jeg så at der kommer sådan en åndssvag dinosaurfilm på TV2. Så kunne vi æde nogle chips til og måske en pizza og en vand til lille Theis, men mit job er at forhindre at der sker Københavns børn noget, uanset hvordan jeg gør det, og uanset hvem jeg skal jage. Ok? Er du med os, eller skal vi køre dig hjem?

Kenny svarede ikke. Han drejede hovedet og så ud af sideruden. Han bed tænderne hårdt sammen.

William så på Theis og nikkede.

- Sætningen lyder sådan her: Encuentra otro lugar demonio. Og det betyder, Find et andet sted dæmon. Vi begynder i morgen tidlig, og så håber jeg vejret er med os og at det ikke pisser ned og er gråt af helvede til. Vi skal rundt i alle de kældre hvor han har slået til før. Der står han sgu garanteret og venter på et barn.

William vendte sig og så på Kenny igen.

- Hvis du ikke gider, Kenny. Så forstår jeg dig godt. Men jeg er nødt til at forsøge det her. Det er måske noget pis for den almene tankegang, men jeg tror på det. Ikke?

Kenny nikkede og sagde ikke noget.

Da den trætte kriminalbetjent kom hjem den aften, spurgte hans trofaste kone om dagen havde været god.

- Du skal være sød at lade være med at spørge, svarede han.

Theis kunne slet ikke sove den aften. Dels tænkte han på den dæmonfigur, men der var også synet af Emma Gabriella.

William gik i seng med en Johnny Walker, og sov tungt.

Skyggen. El Coco, gik rundt i gaderne. Der var ikke nogen børn. I hvert fald ikke nogen der var alene. Ikke nogen lette ofre. Han bandede på sin egen måde. Snerrede af dem han kunne, men der var ikke nogen der kunne høre ham.

Midt på strøget stod der en ung kvinde. Hun havde en stor hund med. Den opfattede til gengæld et eller andet, og begyndte at vise tænder. Sanne forstod det slet ikke. Hendes hund var ellers noget af det mest rolige. Pludselig stod den der og gøede ud i luften. Snoren var helt udstrakt og Sanne måtte holde godt fast. Hele pelsen på ryggen var rejst på hunden. Den var gal som aldrig før. Hele perlerækken var blottet mens den skældte ud på det som de voksne mennesker slet ikke kunne se.

- Så, Rex tag det roligt. Der sker ikke noget, sagde hun.

Skyggen flygtede mens han sendte eder og forbandelser efter det pelsede dyr. El Coco vendte sig ikke om. Han så sig ikke tilbage, men fløj ind i skyggerne, og gemte sig af frygt.

Sulten gnavede dæmonen, El Coco.

Jeg så ham

Tidligt næste morgen sad Kenny på sengekanten. Han fattede ikke hvorfor han ikke bare blev liggende hos konen. Lagde sig ned i ske med hende igen, som han havde gjort det hver dag de sidste 28 år. Theis fik et chok da væguret ringede. Han fór op af sengen som om nogen var efter ham. Han så sig omkring, men det eneste der lyste for hans indre øje, var mindet om en sydlandsk skønhed med brune øjne.

William var allerede oppe. Han havde taget sig et bad og var blevet barberet. Skjorten var glattet og slipset sad pænt for en gangs skyld. Til gengæld stod han og tømte en kvart flaske i et hug mens han nød udsigten ud af vinduet.

Han hostede så det brændte i halsen, og måtte lige gylpe en ekstra gang, og så bandede han.

Gruppen var klar til at rykke. Mere eller mindre sikre på hvad de skulle finde og jage.

Kenny kyssede konen og gik ud af døren. Theis var ved at gå ud af døren med sin brummende tandbørste i munden.

William stod nede på gaden og nød den skinnende sol og himlen, der for første gang det efterår. Han nikkede.

- Vi skal nok finde dig din pissemyre, på et eller andet tidspunkt. Du slipper sgu ikke.

En mørkeblå Ford kørte op på siden af fortovet foran hotellet og William satte sig ind. Der var stille i bilen da de kørte.

El Coco snerrede af solen. Måtte alle de onde dæmoner drive den væk med stærke vinde, men det var ikke det der skete. Han gemte sig i skyggerne og ventede, men der kom ingen nogen børn. Når der endelig var en lyd i kælderen gjorde han sig klar, men det var lutter voksne mennesker. Han havde endelig fundet i et af de steder, der før havde fodret ham med en lille størrelse.

William, Theis og Kenny havde delt sig op, med en udtrykkelig aftale om at de skulle kunne de rigtige ord hvis han viste sig i skyggen. William troede hundrede procent på det de gjorde. Theis var opstemt, men også lidt skræmt. Han vidste slet ikke om han turde hvis det værste skulle ske. Han rystede på hænderne.

Kenny havde den største tvivl, der overhoved kunne leve i hver en celle og hver en sene der løb gennem ham. Han stillede sig op af en væg i en cykelkælder og drak en medbragt kop kaffe der dampede fra hans termokande.

El Coco så et voksent menneske stå stille nede i kælderen. Havde han kunne puste en kraftig ild som en gammel drage havde han blæst den voksne ned til underverden. Ned hvor han kunne brænde i al evighed. Men de evner havde han ikke. Den voksne stod helt stille og sagde ikke noget. El Coco følte sig mere og mere trængt op i en krog. Der var ikke nogen skygger udenfor, og han følte sig overvåget nede i den kælder. Hans arrigskab voksede. Det var lige før han ville begynde at lyse orange, men det ville røbe ham. Han var nødt til at forholde sig i ro.

William hørte en lyd fra en dør og han holdt vejret. Han ventede bare på at døren skulle gå op. Theis stod og hoppede på stedet. "Kom nu dæmon."

Kenny havde lige skænket sig en ny kop kaffe da en ny lyd meldte sig i hans ører. Han vendte sig langsomt og havde ikke forventet at se andet end en kone der skulle ned med skrald eller hen og stille sin cykel.

Hos William var det en lille fru Sørensen der kom trissende med sit blomstrede forklæde. Hun skulle i vaskekælderen.

Hos Theis kom der tre yngre indvandredrenge, der troede de ville have fred til at bryde ind i nogle kældre og løbe med det, hvis der havde været noget af værdi.

Kenny hørte en lyd men der var ikke nogen. Ikke nogen synlige. Ikke før en orange glød kastede en skitse af en skikkelse. En stor mand i sort. Det var skyggen af en mand, men der var noget anderledes.

Han roede efter i lommerne efter den lille seddel hvor han havde skrevet de spanske ord. Hans øjne fulgte skikkelsen i gløden. De nærmede sig hinanden.

Telefonen ringede højt i Williams inderlomme, og selv om han havde været i mange forskellige situationer før, var det her lige før han ikke turde røre sig ud af stedet.

Han sukkede dybt og greb telefonen.

- Jeg så ham hviskede Kenny.

Der var alligevel gået en del timer med at de skulle stå i kældrene og vente, så dagen var hurtigt sneget sig hen til de mørke eftermiddagstimer. Store tætte skyer havde overtaget himlen, og lyset var blevet brudt af buldrende gustent mørke. El Coco havde flygtet efter angrebet på en voksen. Det havde rystet ham, at der stod en og ventede. Hans raserianfald havde udviklet sig.

Han havde glødet og mennesket havde set det. Han havde røbet sig selv, og nu vidste de at det de skulle holde øje med ikke var menneskeligt. Måske vidste de allerede hvem han var. Havde de en mistanke? Hvor skulle de have den fra? Hvem ville vide noget om ham? Det var et tilbageslag han ikke vidste hvordan han skulle håndtere.

El Coco stod i skyggerne ved en stor bygning. Ind imellem kom der de der menneskeskabte metalting med hjul på. De blinkede og larmede, og El Coco vidste ikke hvad de var, eller hvor han var.

William havde hentet Theis og de var ved at være på Rigshospitalet. Bilen havde udrykning på og kørte stærkt. De kastede bilen fra sig ved hovedindgangen og løb ind.

De spurtede hen ad gangen, efter at have spurgt hvor Kenny lå. De nåede til intensiv. William genkendte Kennys kone, der stod udenfor og talte med en læge.

Vicky havde i mange år været forberedt på, at når man er gift med en politimand, kunne den dag komme hvor man fik en opringning, eller kolleger møder op foran hoveddøren. Alligevel var hun dybt ulykkelig og rystet da hun var blevet hentet af Frede.

Vicky og William fik øjenkontakt. Hun blev vred i ansigtet.

Hun gik direkte hen til ham.

- Hvad fanden er det for en opgave du fik min mand på? Er du klar over at han ligger derinde og kæmper for at overleve? Hvad bad du ham om? Kan du fortælle mig det? William trak vejret tungt. Han lagde hovedet på skrå.

- Nej det kan jeg sgu ikke. Og jeg er virkelig ked af at han ligger derinde. Jeg forsøgte sgu at forberede ham så godt jeg kunne.

Frede kom gående mod William med raske skridt. Han var rød i hovedet og han osede af raseri.

- William. Du kan godt tage direkte ind på gården og aflevere dit våben og dit skilt. Du er FYRET, er du med?

Theis gik imellem Frede og William. Han lagde en hånd på Fredes skulder og rystede på hovedet.

- Nej, nej. Det er sindssygt det her. Så kan du lige så godt fyre mig også. William har ikke gjort noget galt. Vi er oppe imod en modstander af en noget anderledes karakter. Vi håber selvfølgelig at Kenny klarer den, men det er ikke Williams skyld. Det kunne lige så godt være mig der lå derinde, eller William. Næste gang er vi bare bedre forberedt.

- Næste gang? Der bliver ikke nogen næste gang. Jeres taskforce bliver opløst. I har ikke været meget bevendte. Vi må hente folk udefra. Folk der ved hvordan vi stopper den psykopat.

- **DET ER SGU IKKE NOGEN PSYKOPAT**, råbte Theis.

Alle på hospitalsgangen stod stille. Der var ikke nogen der sagde noget. Heller ikke Frede. Han stod bare der og så på den unge kriminalbetjent med måbende øjne.

Theis tog sit våben og sit skilt frem og rakte det mod Frede.

- Du behøver sgu ikke det her, Theis. Det er ok. Hvis han ikke vil bruge min hjælp, så finder han nok selv El Coco og fanger ham. Selv om jeg fucking tvivler.

William virkede fattede. Han var hverken gal eller ked af fyringen. Men han vidste også inderst inde, at Frede aldrig ville fange El Coco, fordi han slet ikke anede hvad det var.

I baggrunden var en læge kommet ud fra stuen. Han gik direkte hen til Vicky og lagde en rolig hånd på hende.

- Du kan godt gå ind til din mand. Han klarer den.

Vicky betænkte sig ikke og skyndte sig ind til Kenny. Hun smilede mellem en masse tårer.

William vendte sig mod Frede. Han gik et skridt frem.

- Du aner sgu ikke hvem du er oppe imod, og uanset hvem du ringer efter ved de det heller ikke. Hvis du vil fyrer mig, så er det sgu ok med mig. Så slipper jeg for at se dit dumme fjæs hver dag inde på gården. Du er sgu den mest inkompetente chef afdelingen nogensinde har haft. Men jeg vil alligevel give dig et lille bitte råd. Lyt til Theis. Han er fremtiden i din afdeling. Det tror jeg sgu ikke du er.

William var ved at gå da Vicky kom ud på gangen. Hun gik hen mod ham med raske skridt. Hun tørrede sine kinder for tårer. Hun tog ham i armen med et lille smil.

- Undskyld William. Det må du undskyld. Jeg var så bange for at miste ham, sagde Vicky.

- Du skal sgu ikke undskylde. Har han det godt?

- Det var åbenbart kun overfladiske skræmmer. Men han vil gerne tale med dig og den unge mand.

Frede stod tilbage med et noget bøvet udtryk i ansigtet. Ham var der ikke nogen der ville tale med.

William lænede sig ind over Kennys seng. De kunne smile til hinanden. I baggrunden lagde Theis en arm om Vicky.

- Jeg så ham.

Jagttegn

Det var tidligt på morgen. Næsten tidligere inden de friske morgenfugle der fløj ind over byen. Tidligere end mågerne, der fløj ud over vandet og skreg deres morgensange, og tidligere end kattene, der bragte mad med hjem til sultne unger efter nattens gevinst. Solen var knapt nok stået op. Månen var stadig synlig, men var træt og var klar til at gå til ro, så storebroren, den klare sol kunne træde til.

William stod og så ud over tyve betjente. Der var stille i forsamlingen, og ingen af dem vidste hvor de skulle tro og synes. Taskforcegruppen, undtagen Kenny stod der.

Frede var på sit kontor og var ved at pakke det ned.

- Jeg ved sgu godt det lyder åndssvagt, og mange af jer tror ikke på det. Men lige i det her tilfælde, er vi oppe imod en fucking modstander, som kan og gør noget, som er grufuldt. Hvis nogen af jer ikke vil være med, så er det sgu nu I melder fra. Men det er super vigtigt at I går ind i det her med et åbent sind. Den, eller det vi skal stoppe, stopper ikke før vi handler. Det her mareridt kan KUN stoppes på én fucking måde. Det der står skrevet på den lille seddel I har fået udleveret, det skal i lære udenad. Uanset hvor pisse dumt det lyder.

To unge betjente i bagerste række stod og smågrinede, lige indtil Simon lagde en hånd på den enes skulder, og trykkede til. Så knasede det. Så var der ikke nogen der grinede mere.

- Jeg ved godt, at det her lyder usandsynligt, og som noget overtroisk pis, men det er det altså ikke. Den stopper ikke hvis vi bare bliver ved med at lukke øjnene for virkeligheden og overfor noget som aldrig er sket før. Vi skal alle sammen på jagt i dag. Det er virkelig den vigtigste jagt vi nogensinde har haft, men I skal sgu tro på hvad jeg siger.

Et andet sted i København, Havde El Coco fundet frem til et sted, hvor børnene ikke var overvåget hele tiden. Han smilede for sig selv. De var lige til at gå til. Han kunne æde sig gennem dem alle sammen. Der var skygger over det hele i den store bygning. I den bygning hvor de blinkende biler kørte ind og ud.

Han så mennesket gå rundt i hvide klæder og han kunne bare gemme sig indtil de slukkede lyset. Det her ville kunne blive et ædegilde han kunne glæde sig til.

Det satans menneske han havde mødt dagen før, havde han kunne skade, men ikke alvorligt. Han havde ikke været i stand til at kunne dræbe. Det pinte ham.

Tilbage på Politigården stod William og Theis og så på alle de betjente, der var på vej ud af døren. De så på hinanden.

- De tror ikke på det, sagde Theis.
- Nej det er jeg også bange for. Men hvad fanden skal vi gøre? Vi har slet ikke mandskab nok til at dække alle de kældre i København og vi er jo nødt til at prøve et eller andet lort.
- Hvad med Kenny?

- Ja hvad med ham? Han er skadet og kan slet ikke være med. Men jeg har tænkt på noget andet. Noget vi slet ikke har spekuleret på noget andet. Hvad med hospitalerne? Er børnene overhovedet overvåget? Theis blev bleg i ansigtet og trådte et skridt tilbage. Han havde ikke tillagt børneafdelingerne et eneste sekund.

- Jeg kan ikke tænke på det, William. Det var lige før han skulle kaste op. Det hele vendte sig i ham. Blodet forsvandt fra hans hoved. Han bukkede sig.

- Vi er nødt til at sende nogen ud til alle hospitalerne. Det skal gå stærkt, og så tager vi to ind på Rigshospitalet, og holder os klar hvis der sker noget. Er du klar til det?

Lidt senere på formiddagen stod han i en skygge og ventede på de skulle slukke lyset. Han var klar og så kunne de voksne i de hvide klæder godt forsvinde fra alle de små smukke børn. Han savlede ved tanken om smagen af de børn han ville sætte tænderne i. De var nyfødte alle sammen.

Et apparat ringede henne i det ene hjørne, og en af de voksne gik hen og tog noget op til øret. Der gik evigheder syntes han. Han havde mest lyst til at snerre af dem, men så ville han røbe sig selv. Et lys blev tændt og skyggerne blev færre.

Han var tvunget til at trække sig længere tilbage. Han var næsten synlig nu. Det var lige før han glødede.

Døren gik hurtigt op og to nye voksne kom løbende ind. De var ikke klædt i hvide klæder. El Coco så den ene. Han havde set ham før. Den dag ude ved hans gemmested, hvor han før havde nydt at æde sig gennem børn. Han så ham i øjnene den dag.

Nu kunne han ikke holde sin vrede tilbage. Han snerrede højlydt af ham. Han var rasende og hans hidsighed voksede.

Det slog lyn omkring ham.

- Vi skal have tændt alt lyset nu, råbte William.
- Men de små skal altså have ro nu, sagde en sygeplejerske.
- Det må de sgu få senere. Det her er vigtigt.

Der gik et lyn gennem afdelingen. Det gnistrede fra en lampe bag dem, som en kortslutning i al det elektriske. Theis vendte sig hurtigt og lige med et var det som om han så en skikkelse omringet af en orange glød. En skygge af en mand.

- Encuentra otro lugar demonio, sagde han højt.

El Coco var ved at bevæge sig frem da han hørte ordene.

Han trådte tilbage, mere svækket end han nogensinde havde været før. Det krampede i hele hans krop. Han rystede.

Han viste at hvis mennesket sagde det to gange mere var han færdig. Han ville blive tvunget til at gå i hvile i flere år igen.

Han væltede borde og strøg halvvejs gennem en væg inden han hørte mennesket sige det igen.

- **Encuentra otro lugar demonio**, råbte Theis højt.

Der var ikke noget der glødede foran dem mere

William havde trukket sit våben, selv om han godt vidste at den ingen virkning havde på El Coco. En sygeplejerske begyndte at skrige hysterisk Theis lagde en arm om hende.

Den anden sygeplejerske var ved at besvime, men William nåede lige at trække en stol hen til hende.

- Hvad fanden var det, råbte en af sygeplejerskerne. William så hende i øjnene og holdt hende fast.

- Det var sgu noget vi håber vi aldrig skal se igen.

Ved siden af Rigshospitalet lå Fælledparken. Der stod en stribe træer hvor El Coco kunne skjule sig i skyggerne. Han rystede over det hele, men det undrede ham hvor de havde lært at sige den sætning. Nu havde han hørt den to gange. Alt håb var ude, hvis han hørte den eneste gang til. El Coco så sig omkring. Han ville ikke tilbage i den hule. Det var et vidunder da han blev vækket og kunne komme fri, men måske ville det blive forevig næste gang. Han kradsede i et gammelt træ så barken skrællede af, ligesom han havde gjort på det voksne menneske i kælderen. Han slog hovedet ind i træet, mens han mindedes de gode gamle tider, hvor børn var noget man kunne tage og æde til hver en tid. Kunne man dog bare komme tilbage til den tid. Vandre rundt blandt menneskene om aftenen og bare tage for sig af de små.

Dengang blev El Coco set som noget virkeligt. Noget som de alle sammen var bange for, men de magtede ikke at passe deres børn. Han kunne også bruge sine sidste kræfter på at klistre sig til et menneske. Det havde han gjort før, og så dukke op i et nyt land. Hvor han atter kunne finde sine kræfter frem, og æde en masse børn.

Tilbage på Rigshospitalet stod en Whiskytørstig og smøgtrængende William og så de paniske læger, portører og sygeplejersker der piskede rundt mellem alle patienterne. Specielt alle børnene blev passet ekstra op.

Han vendte sig og gik ned til en speciel stue, hvor Kenny lå.

Han satte sig på en stol ved siden af ham.

- Det var sgu da heldigt.

- Hvad var heldigt?

- At Theis har jagttegn.

Fra Cuba til København

Tidligere på året

Varmen i Cuba var ikke bare en tilfældig hedebølge. Den var vedvarende og virkede dræbende på de europæiske opdagelsesrejsende, der vandrede rundt blandt forskellige klippeformationer og drypstenshuler.

Per Løkke og Torben Hansen havde gjort det i årevis. De havde været og besøgt alverdens steder over det hele. Det havde været deres interesse i hele deres liv, og de brugte en masse penge på rejser og udstyr. De havde studeret alle jordens spændende steder, og der var snart ikke de steder de ikke havde været. De havde besteget bjerge og dykkede ned til gamle fly et stykke overfladen.

De havde allerede set drypstenshuler før, bare ikke i Cuba. De havde fundet den ved at sejle en lang tur gennem en jungle, på en flod hvor dyrelivet ikke var til at spøge med. Flere af de dyr der levede i floden, ville hjertens gerne have smagt på voksne danskere fra Mørkhøj.

Flere steder langs floden, så man sultne krokodiller kravle i vandet, hvis de skulle være så heldige ar bådene ville kæntre. Andre steder i floden, kunne der være piratfisk, havde de fået af vide. Så det var bare med at holde naller væk.

Turen havde også været udmattende. Der skulle kravles og næsten bestiges små bjerge i varmen, inden de nåede frem.

Per var i rimelig god form. Det kneb mere med Torben. Han havde alderen imod sig. Han havde lige rundet de 60. Per var kun en knægt på 45. De havde kendt hinanden i mange år, og været kolleger på samme kommunekontor, inden de fik øjnene op for udlandsrejser og oplevelser. De var begge to udstyret med søde koner, der begge hellere end gerne ville holde ferien hjemme med børnene og børnebørnene i campingvognen et sted i Jylland eller på Bornholm, så kunne de to drenge opleve verden hvis det kunne glæde dem.

Per og Torben var nået op på toppen af en stejl bjergkæde. Den havde suget energi og Torben var helt rød i hovedet.

- Jeg er sgu nødt til at sidde lidt. Mine ben vil sgu ikke mere.

- Det er ok gamle dreng, lad os bare holde en pause. Jeg skal også pisse og have en sandwich.

- Kunne du ikke have pisset nede i junglen?

- Jo men der var så mange myg. Jeg har sgu ikke lyst til at slæbe et eller andet lort med hjem herfra.

- Nej, nej det kan jeg godt forstå.

- Hvor langt er der til den drypstenshule?

- Det ved jeg ikke rigtig, måske kun et par meter mere.

Torben tørrede sved af panden. Det drev ned af ham. Han pustede og stønnede.

- Det er edderhylemig også nogle stejle bakker de her.

Han bankede på klippevæggen, og der skete noget virkelig uventet. Noget han ikke havde set komme.

- Hey, prøv at høre her. Det lyder sgu da hult her.

Han bankede på klippen igen, og ganske rigtigt rungede det.

Han fandt en sten på jorden og slog hårdere. Det rungede igen. Han fandt en større sten og slog endnu hårdere. Indtil klippevæggen revnede.

- Se her, Per. Det er da for sygt. Havde du regnet med det?

Ikke så lang tid efter sad de to danskere på knæ og lyste ind i klippen hvor Torben havde slået et anseligt hul, så en voksen kunne kravle ind. Der var sort derinde, og det gav ekko når de sagde noget. Der stank af en stor omgang afføring.

Per piftede og det gav et stort ekko.

- Det her, er der fandeme ikke nogen der har set før. Jeg har i hvert fald aldrig hørt om det. Det var lige godt satans.

- Skal vi kravle ind, spurgte Torben, der atter havde fået luft.

Per brugte lidt betænkningstid. Han skulede ind i hulen.

- Ved vi om der kan leve noget derinde? Noget vi ikke har godt af? Jeg tænker slanger eller andre krybdyr?

- Nej det ved vi ikke. Der lugter også af helvede til derinde fra. Nej det ved vi selvfølgelig ikke. Det kan jo være det ikke er ufarligt. Holder det os tilbage? Det burde det måske.

Torben skulle også lige betænke sig. Han så på Per.

- Ved du hvad, jeg får sgu ikke denne her chance en gang til. Jeg gør det sgu. Du behøver ikke at kravle med.

Per kendte den godt den sætning. Det lød som en udfordring. Det var ligesom da de var ved at nå toppen af Mont Blanc. Der sagde Torben det samme. Du behøver ikke at kravle med. Per grinede højt.

- Du vil have æren alene din skiderik.

- Torben grinede også. Så havde Per altså fanget den.

Fra et stykke inde i hulen, kom der en lyd, der kunne lyde som et dybt suk, men ikke fra et menneske. Noget var vågnet efter en dyb, dyb søvn, der havde varet umenneskeligt længe.

Noget så sig omkring i mørket og en sult efter ungt kød vækkede enhver celle i hulevæsnet.

Den rejste sig. Var det endelig tid til at komme ud, efter det lange hvil? Efter den havde, måtte skjule sig for alle de mange år siden? Den krøb nærmere den fremmede lyd.

Torben var den første inde i hulen. Han lyste rundt i alle afkroge. Der var ikke så meget at se derinde.

- Jeg håber eddermame ikke jeg får to tusind flagermus i ansigtet lige pludselig. Så lægger jeg en dej i bukserne.

Per grinede bagfra.

- Det skal du ikke gøre når jeg kravler lige bagved dig.

De kom tættere på, og det gjorde væsnet også.

Der skete en sammensmeltning uden at nogen så det.

Flere timer efter klatreturen både udenfor og indenfor i klippen, lå de to venner i et mindre telt i en lysning i junglen.

Trætheden havde meldt sig hos dem begge. Torben klagede over hovedpine, og var blevet i særdeles dårligt humør. Han snerrede af alt. Lige meget hvad der blev sagt. Per kunne ikke gøre noget rigtigt.

Per havde givet ham en håndfuld piller, og Torben var endelig faldet i søvn. Der var stille i junglen, og ingen vidste hvad fremtiden ville bringe. Ingen kunne forudse hvilken fare det ville bringe med sig, at de to venner tog direkte til København dagen efter. En var spændt. Den havde sat sig fast på Torben, og forudså en ny fremtid med masser af frisk kød. Efter sin unormale lange søvn, var den klar til at slå til. Per var irriteret over Torben, der hele tiden var skide sur. Og hver gang han så et barn fik han sådan et mærkeligt udtryk i øjnene. Det var nærmest som om han ville æde barnet, og så havde hans ellers sorte humor ændret sig.

- Sådan en unge kunne man godt æde, sagde han.

Per så ham i øjnene og rystede på hovedet.

Det var en kedelig afslutning på en ellers spændende tur til Caribien.

Da de kom hjem fik Per overtalt Torben til at lade sig indlægge. For at blive tjekket igennem. Men inden han nåede så langt, havde væsnet forladt ham. Prøverne viste ingenting. Han var rask og ved godt mod igen.

De sidste sommeruger var ved at være overstået, og snart ville efteråret overtage himlen. Vejrguderne truede med kraftig blæst og heftig regn, og havde væsnet kunne forstå dansk, ville det have glædet den. Det betød mange skyggefulde timer, hvor man kunne slå til.

Når den endelig var nået, fra Cuba til København.

Skyggen af en mand

William stod foran Charlottes lille rækkehus i Rødovre. Der var ikke noget han hellere ville, end at banke på og spørge om hun gav en kop kaffe.

Bare se hende og Bianca, og høre at de havde det godt, ville gøre ham glad, og give ham et øjebliks tilfredsstillelse. Savnet var så stort, at hans hjertes revner ville heles på et øjeblik. Se hendes smukke øjne og varme smil, ville gøre det ud for utallige måneders ensomme kulde. At høre Biancas latter, når hun fortalte om skolen og leg med vennerne.

Hvad hun eventuelt ønskede sig i julegave, når den tid nærmede sig. Oktober var ved at være slut, og diverse butikker var allerede begyndt at pynte op i vinduerne.

Kunne han bare få lov at til at kramme sin datter et øjeblik. Skænke hende al den kærlighed, han også indeholdte. Det ville være stort for William.

Han vidste desværre også godt, at Charlotte sikkert ville smække døren i hovedet på ham. Det var hans egen skyld. De mange skænderier, der opstod på grund af hans arbejde, men også fordi han ikke kunne slippe sin følgesvend. Johnny Walker. Den havde aldrig rigtig gjort noget godt for deres ægteskab, men den sad fast, og William havde svært ved at komme af med den. Den var også god at trøste sig med. Selv om han godt vidste det var noget sludder.

Han rakte armen frem mod hendes ringeklokke. Da dalede det allerførste snefnug på hans hånd. Det var koldt og vækkede ham til live. Så ville han ikke og trak armen til sig.

William sukkede dybt og så ned i jorden.

Han rystede på hovedet og opgav tanken. Alle de minder de trods alt havde fra en lykkelig tid. Dem kunne han leve længe på, men ikke resten af livet.

William vendte sig mens flere og flere snefnug dalede ham i møde. Graderne var sunket og han trak kraven op på den gamle læderjakke. Han tog en smøg i munden og tændte den. Han fyldte sine lunger og lod røgen forlade sin mund. Han hostede og spyttede i sneen.

Han opgav tanken om et familieliv. Det var dengang, da der var masser at glæde sig over. Da de smilede til hinanden hele tiden. Da han var en helt almindelig patruljebetjent, der kom hjem i ordentlig tid, og ikke lugtede af alkohol.

William var ikke typen der fældede en masse tårer, men her var der grund til det. Han holdt det for sig selv gik videre.

Oppe i rækkehusets vindue på første sal, stod Charlotte. Hun så ham godt, og der var stadig en masse følelser. Han havde været hendes livs kærlighed. Gamle minder dukkede op om solrige dage, når de var på stranden alle tre, og legede i vandkanten med lille Bianca. Det hele var lyst og godt den gang. De elskede hinanden og der var endeløse smil og kys og følelserne var lige så store som alle Danmarks marker på samme tid. Så fik William ambitioner med sit arbejde. Han kom ind i kriminalafdelingen, og så var det som om det hele ændrede sig. De begyndte at skændes så småt, og William begyndte at drikke. Livet og lykken gled i baggrunden. Arbejdet kom først, og Charlotte havde sværere og sværere ved at takle det. Uanset hvad, var det stadig ham hun drømte om hver nat, når hun krammede hans pude, der stadig duftede lidt af hans aftershave.

Hun så ham forsvinde i mørket, blandt alle snefnuggene. Hun bukkede hovedet og græd stille.

El Coco var svækket. Han havde ikke den samme styrke som før. Han haltede gennem den mørke by, mens han holdt sig til sin mave. Der var ikke nogen børn på gaden. Der var overhoved ikke nogen. Han var alene og han var såret. Det gjorde ondt alle steder. Det ville hjælpe med et barn lige nu. Bare en lille størrelse han kunne sidde og æde ned i en kælder. Gerne en uartig lille dreng, der ikke vidste hvor farligt der kunne være dernede.

El Coco så alle byens neonreklamer og anede ikke hvad de var. Men de var irriterende med deres skarpe lys. Han kom forbi et stort butiksvindue hvor der var stærke lys fra. Han lod sin ene hånd køre hen af vinduet med lange negle.

Da han var gået forbi butikken, var der fem lange ridser i vinduet. Det smertefyldte væsen han var, krøb langs husmurene, for at finde noget skygge hvor han kunne slappe af og komme sig. Men han frygtede det værste. Skulle de mænd dukke op, og sige den sætning bare én gang til, var han færdig. Det var utallige mange år siden, han havde haft det sådan sidst. Det mindedes han kun alt for godt.

Efter nogle flere nattetimer, havde El Coco fundet tilbage til et af de steder han slog til første gang. Han satte sig på gulvet i kælderen med ryggen op mod muren.

William sad på sit hotelværelse sammen med Johnny W. Selskabet var ikke det bedste, men så kunne han glemme for en stund, og tænke på noget andet, men det var mere end svært.

Billedet af Charlotte og Bianca hang stadig foran øjnene på ham. Han havde ikke en gang fået tøjet af endnu. Det dryppede fra hans læderjakke, men det ragede ham langsomt. Pakkens næstsidste cigaret blev tændt. Han sugede og hostede kraftigt. Han havde stadig noget at tænke på med hensyn til sit arbejde, for El Coco var ikke nødvendigvis helt væk. Han gennemtænkte hele situationen og så det hele for sig i billeder. Theis havde råbt efter ham to gange, og han var flygtet. Men han var tvunget til at skulle høre det tre gange. Så ville han tabe kampen, og være nødt til at skjule sig i flere år, inden han kunne dukke op i et nyt land.

William blev rastløs. Han kunne ikke nøjes med at sidde stille og tænke på det. Han var nødt til at gøre et forsøg i at finde ham, og lade ham høre sætningen igen. Han stillede flasken fra sig. Der var en trekvart flaske tilbage, så William havde allerede indtaget en del.

På vej ned ad trapperne på hotellet, gik han og forsøgte at gennemtænke en plan. Han havde ikke nogen. Så den eneste idé han tænkte på, var at opsøge nogle af de steder hvor El Coco havde slået til først.

Der faldt et og der faldt to, og i løbet af aftenen faldt der rigtig mange snefnug. De blev liggende og det ændrede udsigten over byen set fra oven. Graderne dalede et par nøk mere og gader og stræder var spejlblanke og det var som at køre på en skøjtebane. Som sædvanlig kom det bag på de fleste. Alle dem, der ikke havde nærstuderet vejrudsigten.

William kørte hverken i bil, taxi eller bus. Han gik hele vejen. Han var usikker på benene. Den forbandede flaske.

Han skulle have hældt lortet ud af vinduet. Det var vel snart ved at være tid til at gøre noget ved det. På den anden side, hvem skulle han gøre indtryk på? Han havde kun sig selv. Charlotte ville ham ikke mere, og han vidste ikke hvornår hun ville give ham lov til at se Bianca igen.

Sidste gang gik det pænt meget af helvede til. Han dukkede selvfølgelig op i en ti hestes brandert. Charlotte var blevet tosset, og de havde talt grimt til hinanden foran datteren.

Det hele var bare noget lort, og han hadede sig selv for det.

Måske ville hun slet ikke se sin far mere, sådan som hun græd sidste gang. Ind imellem så ledte han efter en god grund til ikke at skyde sig selv. Den var svær at finde. Måske skulle han bare få det overstået og trykke den af.

Der var sgu ikke nogen, der ville savne ham. Hans forældre var døde for flere år siden. Hans søster boede i Nordsjælland og var gået ind i en pinsemissionsk bevægelse. Han havde ikke set eller hørt noget fra hende i seks år.

NEJ. Det kunne sgu være lige meget alt sammen. Hvis han kunne nå at gøre en forskel, og få standset det satans bæst, så ville han ikke skrive under på at han ikke slugte en kugle senere ud på natten. Han kunne også bare købe den største flaske Whisky han kunne, og så køre det hele gennem halsen, og så hoppe i havnen et eller andet sted.

El Coco kunne også mærke graderne dale. Det var slet ikke det liv han havde været vant til. I Sydamerika var det varmt i junglen og i de bjerge, der lå omkring den.

Han kunne ikke fryse, men det var noget han skulle vænne sig til. Det gjorde ikke noget godt for hans temperament. Han stod nede i kælderen og rasede ud. Det glødede og han slog ud efter nogen, der ikke var der. Hvis ikke børnene ville komme til ham, ville han være nødt til at kravle ind af vinduerne og tage dem. Det var muligt for flere århundrede tilbage. Det kunne man vel stadig. Han skulle snart have noget frisk kød igen, eller ville han blive endnu mere svækket, og ville stå svagt hvis han mødte modstand igen.

William fandt den opgang hvor lille Casper var blevet bedt om at gå ned med skrald. Han havde været det første drab. Det var her det hele startede. Hele mareridtet. William var ikke sikker på at det var det rigtige sted, men han blev stående. Den sidste smøg i pakken skulle lige indhaleres grundigt.

Han så sig omkring. Måske var det åndssvagt det her. Måske var han der slet ikke. Det var et forsøg, men var det så det værd? Det kunne også ende med at være spild af tid.

Han kunne have brugt uger og måneder på at lede efter det væsen, uden at finde det rigtige sted.

Det var som en uundgåelig krig og en magtkamp, der ikke kunne standses da den først var startet. William kom ind i kælderen. Lyset var ikke slukket. Der var sat nye pærer op, og det var muligt at få et overblik. Der stod han, eller det eller den. Som en sort skikkelse med en bred hals. Som skyggen af en mand. Væsnet vendte sig om så William, og snerrede. Der var hans dødsfjende. Endelig kunne han få ram på ham.

El Coco kunne ikke kommunikere på dansk. Den fægtede med armene, og for enden af armene var der en hånd med lange beskidte tykke negle, der ikke ville tøve med at rive og flå hvis han kunne komme tæt nok på.

William trak sin tjenestepistol og skød, selv om han sikkert godt vidste at den ikke havde nogen funktion der. Det var en skygge af kød og blod, men også kun en skygge. Den kunne ikke dræbes på den måde. El Coco gik frem mens kuglerne piskede gennem kroppen på han og endte i væggen i skraldekælderen. Han fik hårdt fat i William og kastede ham forholdsvist let gennem luften. William bragede ind i væggen og slog luften ud af ham. Han glippede med øjnene og hev efter vejret. El Coco var over ham igen. Han skreg mens han blev kastet igen.

Ikke så mange kilometer derfra, kørte en patruljevogn sin sædvanlige rute. Laura og David var et ret nyt makkerpar, men hvis man læste mellem linjerne, kunne det makkerskab sagtens forsætte ind i det private også.

Der kom et opkald over radioen og Laura svarede på det.

- Der meldes om noget der lyder som skud og en masse råben og skrigen i en kælder på Vesterbro.

- Den tager vi, vi er på vej, forsikrede Laura.

De satte sirenen til og David lavede et ordentligt sving med bilen. Han var en dygtig chauffør og havde styr på sin kørsel og mange andre ting, som Laura også havde lagt mærke til.

William havde ikke en chance mod de stærke arme. Hans våben kunne han ikke bruge til noget. Der var kun én ting der kunne stoppe El Coco, men William nåede ikke at få muligheden. Han kunne knapt nok mærke sin ryg mere. Smerterne var for store. Han blødte ud af munden. Der var ikke noget der stoppede den skygge af en mand.

William hørte det knapt nok, men pludselig råbte en kvindestemme rigtigt højt bag El Coco. Hun havde langt lyst hår og klare blå øjne. Hun var klædt i mørke bukser og en lyseblå skjorte inde under en varm jakke.

Laura blev bange da det sydamerikanske væsen vendte sig om og så på hende. Hendes makker kom til syne. David havde allerede trukket sin pistol, og skød. Laura blev ikke mindre bange da kuglerne blot susede gennem kroppen på væsnet og ikke gjorde nogen skade.

El Coco gik langsomt frem imod dem, samtidig kom William langsomt på benene. Han rystede på benene.

Han blødte fra sit ansigt og sin mund og fra maveregionen. Han måtte tørre blod væk fra øjnene for at kunne orientere sig. Henne foran El Coco stod Laura og var skræmt. Det her var tydeligvis ikke en opgave hun havde forventet. David stillede sig ind foran Laura det mørke væsen skulle i hvert fald forbi ham først. Han skød igen.

Da gjaldede ordene fra William. Han havde trukket alt det luft ind han kunne. Det var ikke synderligt meget. Hans stemme lød rusten og hæs. Han skulle virkelig bruge alle sine kræfter for at få lyd på. Han trak vejret dybt.

- **ENCUENTRA OTRO LUGAR DEMONIO.**

"Find et andet sted, dæmon."

El Coco trak sig tilbage. Det var det værste der kunne ske.

Ordene blev sagt for tredje gang. Han tog sig til brystet. Det smertede overalt, og lige med et, var det som om han blev mindre og mindre. Den sorte skygge, der tidligere havde levet af børn, var ved at forsvinde. William gentog ordene hviskende, men El Coco hørte dem ikke. Han var ved at forsvinde fra denne tid, inden han skulle hvile sig igen, et eller andet mørkt sted. Laura og David så ham forsvinde, men de så ikke William, der gik i knæ igen. Han pustede og stønnede stadigvæk. Slagene mod væggen havde sin gjort skade. Flere ribben var smadret, og William kunne næsten ikke få vejret.

Nu var det tid til at krybe ind i en hule igen, og skjule sig fra omverden en gang til. Nu var El Coco, et uhyggeligt forhistorisk minde, og kun en skygge af en mand.

Han måtte spærres inde og gemmes væk, og alle de unaturlige guder støbte et skulested langt nede under kloakken, hvor han ikke kunne andet end at snerre og hvæse af det der passerede ham der nede. Han kunne ikke andet i flere år. Straffen var yderligere, at han ikke kunne dukke op i Danmark igen.

The End

Senere samme aften, ringede det på døren i et rækkehus i Rødovre. Charlotte åbnede med et smil. Hun havde netop haft en god veninde i røret. Udenfor stod Laura og David. De sagde ikke noget til at starte med, men Charlotte læste deres ansigter. Hun rystede på hovedet og bævrede med underlæben.

- Nej, lad vær med at sige det. Det er ikke rigtigt det der, vel? Min William kommer hjem om lidt, gør han ikke?

Laura trådte frem og tog hendes hånd. Hun så hende alvorligt i øjnene.

- William er indlagt med virkelig svære skader, men de tror på han klarer den. Han er lagt i kunstig koma.

Senere på året mens julen var ved at blive ringet ind kom Charlotte ind på en hospitalsstue. William var lige vågnet. Han så hende, og det eneste han kunne hviske var.

- Det er eddermame løgn det der. Nu er jeg død og du må være en engel, ellers er det sgu ikke rigtigt.

Charlotte bukkede sig ind over ham og så ham i øjnene.

- Du kan bande alt det du vil, din gamle idiot. Men jeg vil altså gerne have du kommer hjem.

- Og hvad med Bianca? Hun gider mig sgu ikke mere.

Charlotte smilede og så ud af vinduet. Hun så hvordan landskabet blev mere og mere hvidt.

- Hun synes det er ok hvis mor får sig en ny kæreste.

- Hold dog kæft, udbrød William og grinede hæst.

Hun kyssede ham længe og længselsfuldt.

- Men din gamle ven, Johnny, ham lader du blive på hotellet.

William nikkede og hostede igen.

Der blev ikke dræbt flere børn på en unaturlig måde det år, Men de fangede heller ikke ham der gjorde det. Men det var overstået. Det var de en lille gruppe der vidste.

År senere

En portugisisk lille pige kiggede op på den fremmede dame. Pigen syntes den fremmede dame havde uhyggelige øjne.

Det var allerede så sent på dagen, at den lille pige skulle være hjemme. Det var blevet mørkt.

- Jeg må altså ikke gå med dig. Det har jeg lært hjemmefra.

- Vi behøver ikke gå så langt lille skat. Vi kan bare gå ned i kælderen. Ikke?

- Jeg ved ikke rigtig. Hvad hedder du egentlig?

- Jeg kaldes, **Den Sorte Madonna.**

Senere den sommer var der fire danskere, der tog på ferie i Portugal. Men det var ikke for at nyde solen.

Laura fulgtes med sin mand, David. Theis fulgtes med sin kone, Emma Gabriella. Børnene blev hjemme.

De var klar og klædt på til at få børnedræberen til at forsvinde igen. For så at jage igen, i et andet land.

The end

Forfatteren griber ordet

Man sidder midt i et større projekt, og for ikke at løbe surt i det, fik jeg et godt råd. Læg det til side en gang imellem, og skriv på noget andet. Det gjorde jeg så.

Jeg skrev blandt andet en stribe noveller, der selvfølgelig kan læses på min hjemmeside og i min sidste bog, FRYGT.

Med denne her lille bog gjaldt det, at jeg havde en lille idé, som jeg forfulgte. Jeg var nødt til det. Jeg lavede en masse research og begyndte at skrive på livet løs. Det blev til denne lille korte gyserroman.

El Coco er som sådan ikke min opfindelse. Han er vitterlig en skræmmefigur man har brugt i Caribien, Sydamerika, Spanien og Portugal. Såsom "The Boogeyman" i Nordamerika. Herhjemme kender vi også figuren. Måske bedre under navnet, "Bøhmanden." Det var noget der kunne ryste mig da jeg var en lille dreng, for mange år siden.

Nu er du nået så langt, som til de sidste sider i bogen. Så håber jeg det betyder at du har læst hele historien, og at du syntes godt om den.

Hvis du kære læser, kan se billederne for dig, og hvis du så syntes det var lidt uhyggeligt, så er alt perfekt. Så er jeg lykkedes med det jeg ville.

Hvis det samtidig gør, at du ikke har lyst til at gå i kældre, og at du passer ekstra godt på dine børn, har det været en dissideret succes. En kælder er ikke et sted for børn.

Jeg ved hvad jeg taler om.

Det er ikke sikkert man møder El Coco, men hvem ved?

Jeg skylder en tak

Lad mig sende et par venlige tanker til dem, der har hjulpet mig.

Jeg skal takke David Santiago Vasquez mange gange, for hjælp med det spanske.

"Encuentra otro lugar demonio". Husk den sætning. Det kan hjælpe dig en dag, hvis det er dig eller dine børn, der møder El Coco. Men lad os håbe det ikke kommer dertil.

Mange tak til Susanne Due Hansen som læste mit manuskript før alle andre, og gav mig gode råd.

Også tak til Tom Duke Freiling, der om nogen har kendt mig igennem en menneskealder, og ved hvad det betyder når man brænder for en interesse, og bliver rost for det.

Jeg skylder en personlig stor tak til alle dem, der var der for mig sidste år, da livet bød mig min største udfordring. Det gælder både min familie og mine venner.

Tusind hjertelige tak til Lone Ingemannsen, der gav mig tro på livet igen, da jeg var allerlængst nede og du hjalp mig op.

Jeg er som udgangspunkt enormt ydmyg og meget, meget taknemlig. Derfor, til alle Jer der køber mine bøger, tusind, tusind tak. Jeg ønsker Jer alt det bedste i Jeres liv.

K. Michael Schrewelius, Rønne 2022

Vi ses på den anden side